酔い醒めのころに

玄光社

「今、酔っているから」と僕は言い訳をする。
まるで普段の自分が〝まとも〟みたいに。
君は「酔った勢いで」と本音を話す。
ならば普段の言葉は〝建前〟なのか。

自分はどこにいるのだろう？

自分のことなのに、よく分からない。

分からないまま、今日も酔いしれる。

目次

カバーイラスト：サンレモ

1章 缶チューハイ

しあわせになりたい。しあわせになりたい。しあわせになりたい。

古いエレベーターがゴオォッと大袈裟な音を立てて、扉を開いた。私の隣で荒い息を漏らす男は、それを見るや否や「待ってました」と言わんばかりに中へ飛び込んで『開』のボタンを長押しする。

「さ、マリナちゃん！　どうぞ」

私をエスコートするために、中年男が短い腕をバタバタ振り回している。私は斎木のこういうところが嫌いだ。このあからさまな「やってますよ感」が、いちいち厚かましくて。どうせ今の一連の動作も、ネットで検索して得たモテテクニックなのだろう。

斎木とは一年ほど前に、ほとんどパパ活専用みたいなマッチングアプリを介して知り合った。おぞましいことに、どうやら斎木は私に恋をしているらしい。

やっぱり私ってあんまりかわいくないんだなぁと思ってしまう。だって、こんなヨレたスーツを着ている中年にイケそうだと思われるレベルなんだから。さすがの斎木だって、絶世の美女を前にすれば、そんな風に思い上がることはないだろう。

あとどれだけ整形すればジジイどもにナメられなくなるのだろうか。幾度となく顔を修正してきたが、誰もが想像するような美女になれる気配は微塵《みじん》もない。まじでクソ。遺伝子からやり直してぇよ。

「えーっと、僕たちの部屋は三〇一だから、三階だね！」

ニカっと笑った口の隙間から黄ばんだ歯がこぼれ出た。上の前歯の中央には、ニラが挟まっている。浅いモテテクニックを習得する暇があったら、もっと身だしなみに気を遣えばいいのに。こういうジジイに対して常々思っていることは「好かれる努力じゃなくて、嫌われない努力をしろよ」ということだ。天と地がひっくり返ったって二十三歳の女がパパ活しているようなジジイを好きになるワケないんだし。


三〇一号室は廊下の一番奥にあった。錆びた鉄のドアを開いた先には、案外こざっぱりとした空間が広がっていて、十畳ほどの薄暗い部屋の中で、やけに大きいベッドだけが光って見えた。置かれている家具はどれも古めかしいけど、エアコンとか冷蔵庫とか枕カバーとか、そういう、清潔であってほしいものに関しては掃除が行き届いているように見えたので安心した。

「——今日はあんまり立派なホテルじゃなくてごめんね？　実は僕、いま金欠で。いつものホテルに行くと、マリナちゃんに渡すお小遣いが少なくなっちゃうからさ……」

斎木は弱々しい声を漏らしながら、機嫌を伺うように目玉を動かす。

「やだぁ！　そんなこと気にしなくていいですよ！　マリナは斎木さんと一緒にいられたらそれだけで幸せなんだもん。場所は関係ないよ？」

喉の奥の方をギュッと締めて砂糖菓子のように甘い声を搾り出すと、ほっとしたのか、斎木は強張った表情を緩ませた。貧乏人のくせにこんな遊びしてんじゃねぇよ――と思いつつ、この程度のジジイしか捕まえられない自身の『パパ活女子』としての価値の低さに辟易する。

玄関に全身鏡がぶら下がっているのを見つけた私は、すかさず前髪が乱れていないかを確認した。まんなかで分けた前髪はヘタることなくふんわりと外巻きになったままだった。

「マリナちゃんって黒髪が似合うよね。なんだか清楚な感じがして好きだな」

「ありがとう」

「僕、金髪とかそういう派手な色の子は『はすっぱ』な感じがして苦手なんだよねー」

「ん？『はすっぱ』ってどういう意味？」

「知らない!? んふっ。そっかぁー。んふふ。二十三歳の子は知らなくて当然かぁ」

あぁ。なんでジジイたちって、若者の「知らない」って言葉に興奮するんだろう。そんなことでしかマウントをとれないほど、くだらない人生を歩んでいるのだろうか。

「あ、分かったぁ！ ポケモンでしょ！『いけ！ ハスッパ！ はっぱカッターだ！』みたいな？」

ジジイどもが喜びそうなバカを演じてみせると、斎木は、まんまと目を輝かせた。

「えーっ！ ちょっと！ なぁに言ってんのぉ？ まるで若い女の子の発想だなぁ。ポケッ…ポケモン!?」

興奮しすぎて口の端に唾が泡立っている。最悪。まじでキスしたくねぇ。

それにしても、モテないジジイの黒髪信仰って何なんだろう。バカバカしい話だが、実際に、明るい茶髪から黒髪風のカラーに染め直しただけでパパたちのリピート率が上がったのだ。自分は金を払って若い女と遊んでいるのに、遊んでいそうな女は嫌いだなんて、身勝手にも程があるんじゃないか?

暑い。クサい。つまんない。斎木に抱かれている時、私の心は死んでいる。というか、死なせている。いちいち不愉快さを感じていたら疲れるからだ。

取ってつけたような甘い言葉とか、自分に酔っているのが丸分かりのパフォーマンスじみた触り方とか、そんなんどうでもいいから、早く終わらせてくれ。頼むから。

あまりにも暇なので、私は今ハマっている韓国ドラマについて考えを巡らせることにした。

「アイツが黒幕かなぁ」なんて考えているうちに、斎木の息遣いがどんどん荒くなって、やがて小さな唸り声が聞こえた。

「はぁ。斎木さんのテクニックがすご過ぎていっぱい汗かいちゃった」

乱れたシーツにくるまりながら、上目遣いに斎木を見つめる。恥じらっているように見せたかったから、頬に手をあてたり、視線をそらしたりしながら。

「すごかったでしょう。僕は研究熱心だからね！」

自信ありげに膨らませた鼻の穴から、ぶるんっと鼻毛が二本飛び出した。

「私、シャワー浴びてくるね？」

「あ！　シャワーの前にさ、ちょっとお酒を飲まない？　そうだ！　うん、お酒の力を借りよう！　あのね、マリナちゃんに話したいことがあるんだけど、シラフだと緊張しちゃう内容なんだ。いいでしょう？　ねっ！」

斎木は小さい子にするように私の鼻先をキュッとつまんだ。

「ちょっと！　鼻、触るのやめてって前も言ったでしょ？」

私は反射的に自分の鼻を覆う。

「あれ？　そうだっけ？　ねー、いいでしょ！　僕、ホテル出てすぐのコンビニでお酒を買ってくるから！　すぐ戻ってくるからそのまま待ってて！」

好き放題喚《わめ》いた斎木は、しなびた尻をむき出しにしたまま、床に脱ぎ捨てられた衣服を漁り始めた。そしてシャツとスラックスだけを身につけて、小走りに廊下へと飛び出して行った。

私はその後ろ姿を睨みつけながら、弱い力で鼻先を撫でて、埋め込まれたシリコンプロテーゼが歪んでいないかを確認した。人差し指に神経を集中させて、角度や位置を把握する。それでも不安だったので、窓に自分の顔を映して、いろんな角度から鼻を見た。良かった。無事だった。この鼻は二ヶ月前にメンテナンスを済ませたばかりなのだ。

それにしても、ダルいことになってしまった。何が悲しくてジジイと酒なんか飲まなきゃいけないんだ。まぁ、お金で時間を買われている以上、言いなりになるしかないんだけど。

私は布団の中で足をバタつかせて、どこかに埋もれているはずのブラとパンツの発掘作業に取り掛かった。テキトーに足を動かしていると、中指のあたりにガサガサしたレースの感触があったので、足の指先だけでそれらを器用に掴み取る。このペカペカ光る赤いサテンの下着セットは、中国系の激安通販サイトで購入したものだ。上下合わせて千五百円くらいだったと思う。床に脱ぎ捨てられたままのジャケットとミニスカートのセットアップも同じサイトのものだ。

服は、貧乏に見えなければ何でもいい。デカいブランドロゴがくっ付いたTシャツだったらまだ分かるけど、ロゴなしのブランド服なんて買うやつの気が知れない。人々がこぞってハイブランドの商品を持ちたがるのは、言葉を使わずに「私は金持ちです」と自慢できるからじゃないのか？　少なくとも私はそうだ。

私はサイドテーブルに置かれた小さなバッグに目をやる。キラキラしたオーラを纏って、王妃のように鎮座する私の宝物。あれは同世代の女たち全員が憧れるバッグ。

『Lady Dior』だ。

どんなに安い服を着ていても、このバッグを持って街を歩くと、至るところから羨望の眼差しを向けられる。だからついバッグがよく見えるように、肩にかけたり、手に持ち替えたりと、忙しなく動いてしまうのだった。

「おめぇらと違って、私は金持ちなんだよ。幸せなんだよ。だから六十万のバッグだって買えるんだよ」

心の中でそんなことを呟きながら街を闊歩するのは、たまらなく気持ちがいい。

突然、床に投げ捨てられた服の中から、くぐもった音が聞こえた。私はベッドから腕だけを伸ばしてなんとかスマホを拾い上げる。こんな時間にいったい誰からの連絡だろう。職場のグループＬＩＮＥだったら最悪だ。あぁ、こういう場所で昼職のことなんか思い出したくないのに。私は画面を確認せずに、スマホをベッドに伏せて置いた。

だけど、思考を止めようとすればするほど、頭の中にイメージが広がっていって、やがて、ひなびた街の商業施設がありありと浮かんできた。ダサいキャラクター雑貨。冴えない同僚。考えたくないのに、それらのイメージが沸いて出てきて止まらない。

月収十七万円。心を殺し、雑貨屋店員としての職務をまっとうしても、それっぽっちしかもらえない。大学まで出たのに、どうしてこんなことになってしまったのだろう。こんなの現実だと思いたくない。ダサすぎる。

『しあわせになりたい。しあわせになりたい。しあわせになりたい』

これは、私なりのおまじないだ。

誰でも、ふいに嫌な記憶を思い出した時に「わーっ！」と叫んで、そのイメージを断ち切ろうとしたことがあると思う。私は、その「わーっ！」の代わりに「しあわせになりたい」と念じるようにしているのだ。不思議なもので、心の中でハキハキとこの呪文を唱えていると、どこからかやる気のようなものが湧いてきて、嫌な記憶をかき消してしまうのであった。

でも今日はなぜかうまくいかない。かたく閉めていたはずの記憶の蓋が、ギイギイとイヤな音を立てながら開いていく。


しあわせになりたい。しあわせになりたい。しあわせになりたい

私の家族は普通ではなかった。

リビングのローテーブルにはいつも、潰れた空き缶がふてぶてしく転がっていた。片付けようとしても、毎回「まだ少し残ってんだよ！　確認しろ、ブス！」と父から怒鳴られるので、いつからか放置するようになったのだ。

父は家族よりも酒を愛していた。

父と向き合うことを諦めた母は、大抵、玄関に座り込んで誰かと電話をしていた。寝室やリビングは、酔った父が乱入してくるおそれがあるので、どちらとも隣り合っていない玄関を居

場所にしたのだと思う。今考えると、母はどこかおかしかったのかもしれない。だけど、そんな異様な光景に見慣れていた私は、あえてそれについて深く考えようと思ったことはなかった。母は家族よりも電話口の誰かを愛していた——のかもしれない。

弟はどこまでも不器用で、何もかもが幼かった。勉強の仕方も、友達のつくり方も、彼なりに努力しているつもりなのだろうが、周囲から見るとイライラするほど下手くそだった。成長過程で誰もがなんとなく習得していくはず処世術を、まったく身につけることができなかった弟は、中学生男子が好むような、下ネタや悪口といった話題に、共感するフリさえできなかった。クラスメイトから「変なやつだ」と避けられるようになった彼は、中学一年生の頃、突如として学校に行くことをやめてしまった。私はわりと弟が好きだったから、どうにかしてやりたかったのだけど、どうにもできなかった。それどころか、あきらかに心を弱らせた弟を前にすると、なぜだかこちらの気持ちが焦ってしまって、以前と同じように接することができなくなってしまった。

元々さして仲がいい家族ではない。だけど、弟が不登校になってからは、その溝が顕著になったと思う。

アル中のくせに世間体を大切にしていた父は、我が子が不登校になったという事実を認められず、どんどん酒量を増やし、どこかで聞いたような精神論を喚き散らすだけの醜い動物に成り下がった。母はおろおろしながら、やっぱり誰かに電話をしていた。

家の中は常に陰鬱《いんうつ》とした空気が流れていて、どこに居ても気を休めることができなかった。ゲームの世界でよく見かける『踏み入れるだけでＨＰが削られていくエリア』。それが、私にとっての実家である。

同じ中学校に通っていたので、弟のことは私のクラスでも度々話題になった。直接的な表現でからかってくる男子もいたし、心配そうなフリをして陰口の材料を得ようとする女子もいた。私はそれらに対して、いつも冗談混じりに返答していた。

「そうそう！　ウチの家庭ヤバすぎんのよ。そのうち『ザ・ノンフィクション』出ると思うから、今のうちにサイン書いてあげようか！」

あたかも気にしていないかのようにできるかぎり元気に振る舞った。悲壮感が出たらダサいから。

弟のことをかわいそうだと思う気持ちと、恥ずかしいと思う気持ち。ムクムクと膨らんでいく自己嫌悪の念は、やがて私の心を黒く塗りつぶしていった。きっと人に話せば「そんなことで悩むな！　世の中にはもっと不幸な人もいるんだぞ！」と叱られるだろう。でも、知らねぇよ。だって「私より不幸」な人がいるように「私より幸福」な人が確かに存在するんだから。だとしたら、やっぱり不幸じゃねぇか。ズルい。私だって幸せになりたい。

しあわせになりたい。しあわせになりたい、しあわせになりたい。

再度バイブ音が短く鳴り、薄暗い部屋に小さな光を灯した。私は深く深呼吸をしたあと、ロック画面を確認する。

良かった。LINEじゃなくてインスタの通知だった。それにしてもインスタにDMが届くなんて珍しい。学生時代の知り合いを数人フォローしているだけのアカウントだから、誰からの結婚報告でも聞かされるのであろうか。私は気だるくスマホの画面に指をすべらせる。だが、送り主に目をやった途端、心臓がヒュッと縮こまった。

送り主の名は『よーせい』。私が最近フォローしたイケメンのインフルエンサーだ。彼がモデルなのか俳優なのかも分からないけど、とにかく顔がいいのでフォローしたのである。そういえば少し前に、酔っ払ったノリで『よーせい』にDMを送っちゃったんだっけ。「めっちゃイケメンですね！」的なくだらない内容の。

つまり、これはその返信？

イケメンからDMが来たという事実に理解が追いつくと、途端に心臓がバクバクと鼓動し始めた。こんな感覚は久しぶりだ。大学時代はそれなりに男と遊んでいた私だが、近頃は昼と夜の仕事に追われて、そんなことを楽しむ余裕はなくなっていたのだ。

緊張に震える指でメッセージを確認しようとした瞬間、ドアノブの施錠が解かれ、ドスンドスンという足音が聞こえてきた。斎木がスキップ混じりに戻ってきたのである。

「おまちどう！」

私と横並びになるようにベッドへ腰かけると、斎木はコンビニで買ったばかりの缶チューハイを私の左頬に突きつけた。舌打ちしたい気持ちを押し殺して「おかえり」と言いながら、手早くスマホをベッドの上に伏せて置く。同時に反対の手で、缶チューハイを受け取ると、斎木は「あっ！」と言ってから、私に渡したばかりの缶チューハイをひったくった。

「僕が開けてあげるからね！」

斎木は、カンッカンッと音を鳴らしながらプルタブを爪に引っ掛けるも、なかなか開けられない様子だ。まじで今そういうのいいから。早くDM確認させてくれよ。

いつもであればこのくらいのことは見過ごせるのだが、今はジジイが一生懸命勉強したモテテクニックを見ていられるほどの余裕はない。

「ねー？　やっぱり私、シャワー浴びてきてもいい？　斎木さんがいっぱい気持ち良くしてくれたから、汗かいちゃったんだよぉ」

「だーめ！　これから大事な話をするんだから。でも、あぁ……ちょっと待ってね。いざ言おうと思うと緊張してきちゃって」

斎木は耳を赤くしながら、コンビニ袋の持ち手を指先で弄んだ。

このタイミングで愛の告白か？　冗談じゃない！　一刻も早くＤＭを確認したい私は、ベッドから立ち上がり、落ち葉みたいにカサついた斎木の額にチュウッと唇を押し付けた。

「話はシャワー浴びたあとでね？」

　ぽかんと口を開けたままの斎木を置いて、足早にシャワールームへ向かう。私に向かって何か言っている気がするが、気にせずドアを閉めて鍵をかけた。


　突然送られてきた二件のＤＭには、一体、何が書かれているのだろうか。スマホをタップする指が期待に弾む。

「はじめまして！　ＤＭありがとうございます」

「普通にうれしいです！　ｅｍｉちゃんもだいぶかわいいけどね。いきなりだけど、もし良かったら飲み行かない？　お互い友達呼んで何人かで」

『よーせい』からの連絡は飲みの誘いであった。

　一対一じゃないことには若干のショックを覚えたけど、「だいぶかわいい」という一文に胸が高鳴る。何より、これほどのイケメンが私なんかに価値を見出して連絡をくれたこと自体がうれしかった。

　ｅｍｉちゃん、かぁ。男から本名で呼ばれたのはいつぶりだろうか。ｅｍｉちゃん。えみちゃん。瑛美ちゃん。くすぐったいような違和感だ。だって、今ここにいる私はマリナなんだもん。マリナというのは、いわばパパ活用の源氏名だ。この名前は大学時代に知り合った、ある女の名をもじったものである。

彼女と出会ったのは、大学一年生の頃だった。埼玉の山奥から上京してようやく家族の元から離れられた私は、遅れた青春を取り戻すべく、日々奮闘していた。青春と言っても、別にはっちゃけたかったわけじゃない。普通になりたかったのだ。普通に友達とカフェに行ったり、普通にバイト先の人と恋愛したり、普通に就活を頑張ったり。家族のことを気にしないで、普通に過ごしたかったのである。

普通じゃない家庭で生まれ育った人間は、すぐに幸せなんか求めない。だって、普通すらも手の届かない高級品のように思えていたのだから。

一人で暮らせればどこでもいい——と、たいして選びもせずに入居したアパートは、最寄り駅から徒歩十五分、家賃四万七千円のボロアパートだった。変な形の虫が出てギャーギャー騒いだり、冬場の隙間風に悩まされたりもしたけど、なんだか全部が楽しかった。誰にも気を遣わず自由に過ごせることが、とにかくうれしくて毎日、毎日、その喜びを噛み締めていた。

意外にも私は、思い焦がれた普通の大学生活をすんなりと手にいれることができた。地元にいた頃は全然気づかなかったけど、案外コミュニケーション能力が高い方だったようで、友人も恋人も、難なくつくることができたのだ。

わりと男からモテるタイプだと自覚したのも、この頃だったと思う。ブスだろうとなんだろうと、身長が低くて、童顔で、巨乳だったらそれなりにモテるみたいだった。さすがロリコン大国。

他人から好意を寄せられることに慣れていなかったから、初めはその状況に戸惑ったけど、男たちの好意の正体が判明した途端に気がラクになった。その正体とは、性欲である。愛などという気高い感情を私に向ける人はいないだろうが、性欲であればなぜ私を求めるのか、簡単に理解ができた。

人によっては「男にナメられてる!」ってキレるのかもしれないけど、私は純粋にうれしかった。たぶん、最近よく聞く自己肯定感というやつが、そういう男たちによって満たされたからだと思う。『人から求められる』というのは、これまでの人生で味わったことがないほど、鮮烈で刺激的な経験であった。もしかしたら、私がパパ活という手段で収入を得ているのも「ジジイがキモい」という気持ちを凌駕《りょうが》するほど、ソレを渇望《かつぼう》しているからなのかもしれない。私を欲しがる血走った目。乾いた心を潤すためにはソレが必要だったのだ。

大学に入学してすぐに男遊びの楽しさを覚えた私は、よくインカレサークルの新歓コンパに参加していた。他大学の男と知り合いたかったからだ。

あの女に出会った日も、そうだった。

会場は確か歌舞伎町のレンタルスペース。至るところに闘牛を模した像が飾られていたから、元々はスペインバルか何かだったのだと思う。黒い長テーブルの上には、缶チューハイと袋菓子が雑多に置かれていた。

私は新歓にしか参加していないから、それがどんな活動をするためのサークルだったかさえ覚えていない。だけど、彼女と初めて喋った時のことだけは、どんなに忘れたいと願っても、鍋底に張り付いた焦げのように脳裏に焼きついているのだった。

「遅れてごめんなさい。まだ参加、間に合いますか?」

会が始まってから三十分ほど経過した頃、春風のように澄んだ優しい声が、どこからともなく聞こえてきた。ミュシャの描く絵画のように神秘的で美しい女。声のする方へ目を向けた人たちはみな、感嘆のため息を漏らした。バレエ経験者であることがひと目で分かるくらいに、まっすぐに伸びた背筋、長い手足。その身体は、栄養の行き届いた植物を連想させる。片手で収まるほど小さい顔は、大きな瞳や、ツンと尖った鼻、水分をいっぱい含んだイチゴのような唇によって、きらびやかに飾り立てられていて、ふんわりとウェーブがかった栗色の髪の毛は腰まで届くほど長く、その優美さを印象づけていた。

あれほどの衝撃を受けたことはあとにも先にもない。彼女を認めた瞬間に、体の内側で何かがドクドクと波打つのを感じて、慌てて目を逸らしたほどだ。街で著名な女優を見かけた時でさえ、こんな感情にはならなかった。彼女は魔物のように美しかったのである。

こんな風に感じたのは、もちろん私だけじゃない。会場に居た全員が、その美しき異形《いぎょう》を目の当たりにして硬直していた。どのサークルにも必ず存在するような遊び人風の男たちも、彼女の美しさには畏怖《いふ》の念を抱くようで、声をかけることすらできず、現実逃避をするように近場の女の手を握り直していた。近場の女——つまり私のこと。茉莉乃が格式高いフランス料理だとすると、私は駄菓子といったところだろうか。

お堀を泳ぐ錦鯉のように茉莉乃はゆっくりと会場を一周して、自分の座るべき椅子を探した。彼女は一人で来たようだった。彼女のために用意されていた席は、私の右隣であった。

「遅れてごめんなさい。私、日置茉莉乃《ひおきまりの》っていいます。あまりこの辺に来たことがなかったから、迷ってしまって……」

茉莉乃が声を発した途端、同じテーブルにいた者たちに共通の緊張が走った。それぞれ必死に、平静を装って挨拶を返したり、ヘラヘラ笑ったりして誤魔化そうとしたけど、空回りしているのは明らかだった。ちなみに私は、そのいずれの行動もとらずに、ただ茉莉乃に見惚れていた。

「ねぇ。あなたのお名前教えてくれる?」

私の視線に気がついたのか、まるで猫同士があいさつをする時のように顔を近づけて、茉莉乃は尋ねた。まっすぐに私を見据えるその瞳には、一点の曇りもない。

「あ……。私は倉田瑛美《えみ》。よろしぐ」

緊張から口の中から水分が消え失せ、喉がかさついてしまった。「よろしぐ」なんて言ってしまったことを恥じて顔を赤らめると、茉莉乃は花のように笑った。ブルーベリーガムのような甘酸っぱいにおいがした。

ふと気づくと、左隣で私の手を握っていた男がいなくなっていた。どうやら、私の友達を連れて別の卓へ移動したようである。

テーブルに残った者たちは、横目で茉莉乃の様子を窺いながら、別の会話で盛り上がっているフリをし始めた。みんな茉莉乃という存在が、怖いのだ。ちょっとした美人なら注目の的になるだろうに。『圧倒的な美』にはそうやすやすと近づけないのだと、この日学んだ。

「あの、茉莉乃ちゃん？　すっごい美人だね。芸能人かと思っちゃった」

沈黙に耐えかねた私は、思いついた言葉をそのまま口にした。

「えっ？　あぁ。ありがとう」

さも当然というように礼を述べる茉莉乃を見て、彼女にとって容姿を褒められることは、挨拶と同義なのだということを思い知った。私はテーブルの上に無造作に置かれていた缶をひとつ掴んでプルタブを開ける。ぐいっとひと口飲むと、人工的なレモンの香りが鼻に抜けた。

「美人って言ってもらえるのはうれしいんだけど、実は私ね？　笑うと残念なタイプなんだ。ほら、歯が小さいの」

茉莉乃はそう言って、口を大きく横に開いた。うすいピンク色の唇の隙間には、真珠のように白く輝く歯が行儀良く並んでいた。

「あははっ！　どこが残念なの！　私なんか、むしろ前歯デカすぎて悩んでるからね？　中学の頃、男子からビーバーって呼ばれてたんだ。いつか絶対セラミックにするの！」

ストロング系のチューハイの力を借りて、陽気な人間を演じる。本当は嫌味な女だと思ってムカついたのに。

「セラミックなんて、ダメ！　矯正ならまだしも、持って生まれたものを美容のために削るだなんてもったいないよ。お母様も絶対に悲しむと思う」

お母様って！　私は、つねに毛玉だらけのスウェットを着ている母が『お母様』と呼ばれたことに苦笑を漏らす。

「あのね？　茉莉乃ちゃんは美人だから想像できないかもしれないけど、世の中の女の子のほとんどが、バレない程度に整形してんだよ？　そりゃあ茉莉乃ちゃんみたいな爆美女にはなれないけどさ、ちょっとずつアップデートして、バージョンを更新し続けてるんだよ」

なんだか言葉に熱が入ってしまった。さすがに『ほとんど』というのは大袈裟だったかもしれない。でも、浮世離れした美女には、これくらい言わないと伝わらないだろう。

「それじゃあ、瑛美ちゃんも整形してるの？」

「これからね？　見て。私めっちゃ奥二重でしょ？　これをパッチリ二重にするんだよ」

「え？　奥二重なの？」

茉莉乃は不思議そうに私の目を見つめた。それは、奥二重かどうか確認しようとした——というより、『奥二重』という存在を知ろうとするような目つきだった。顔にコンプレックスがあればあるほど、顔のパーツの名称に詳しくなる。奥二重、中顔面、Eライン、バッカルコリドー。

この女は美醜にさほど関心がないのだろう。そりゃあ、こんだけ美人だったら、そうなるだろうけど。じゃあ何に関心があるのだろうか。関心、つまり、コンプレックス。強い興味をひく対象というのは、きっと自分が『持っていないもの』に限られている。私が美に関心を持っているのは、ブスに生まれてきたから。世のジジイがパパ活を始めるのは、若い女からモテないから。この完璧そうに見える茉莉乃だって『持っていないもの』がひとつくらいはあるはずだ。それが何か知りたい。

「ねぇ、茉莉乃ちゃんって何に興味があるの？　趣味とかある？」

「あはっ。何、その質問！　えっとね、趣味はー。んー。お散歩かな！」

茉莉乃はそう言って無邪気に笑った。その動きに合わせて、絹糸のような髪がキラキラ輝く。

ふと気づくと、周囲の者たちが我々の会話に対して妙なツッコミを入れたり、わざとらしく笑い声をあげたりしていることに気がついた。茉莉乃が放つ輝きに目が慣れて、多少余裕が出てきたのだろう。

でも、ダメだ。私はこの女に強烈な関心を抱いてしまったから。この完璧そうに見える女にだって、私が持つような醜い感情があるはずだ。それを絶対に見つけ出してやる。だって、美しいだけの人間なんて存在していいはずないのだから。

「茉莉乃ちゃんって、どこの大学に通ってるの?」

私はみんなの視線に気づかないフリをして、熱心なインタビュアーの座を死守し続けた。

「えっと――」

茉莉乃が口にしたのは、都内唯一の国立女子大学の名だった。

「えー! もしかしてお嬢様? 幼稚園から通ってるとか?」

私はチラリと、茉莉乃の膝の上に置かれた白いバッグを確認する。Hermès のバーキンのように見えるが、本物だろうか。

「うふっ。お嬢様かは分からないけど、幼稚園から通ってるよ。私、そんなに勉強できる方じゃないから、エスカレーターに乗り続けてるの。父は、自分の出身大学に入れたかったみたいでがっかりしてるんだ」

気づけば茉莉乃が現れてから三時間が経過していた。会場には徐々におひらきのムードが漂い始めている。もう時間がない。私は誰かが飲み残した缶チューハイをグイッと飲み込んでから、茉莉乃に向き直った。

「ねぇ、茉莉乃ちゃん。単刀直入に聞くわ。コンプレックスってある？」

「コンプレックス？　んー、あるよ」

「え！　なになに？」

たぶん、とてつもなく下品な顔をしていたと思う。週刊誌の不倫報道を読んでいる時の母みたいに、好奇に満ちた下品な顔。私は、茉莉乃の口から紡がれる言葉を聞き逃さないように、首をグイっと前に突き出した。

「コンプレックスがないことが、コンプレックスなんだ」

「え？」

拍子抜けして、返す言葉が見つからなかった。この女はいったい何を言っているんだろうか。

「贅沢だって怒られそうだから、あまり言わないようにしているんだけど、本当に悩んでいるんだ。ほら……多少苦労していないと、人間って深みが出ないでしょ？」

「深み？」

「そう。私には深みがない。それがイヤで仕方ないの。自分でも分かってるんだ。何かと恵まれているって。でも、べつに好きでこういう風に生まれわけじゃないから」

「何それ。嫌味にしか聞こえないよ。じゃあ例えば、その日のご飯を食べることもできない、貧乏な家に生まれた方が良かったってこと？」

憤怒の念か悲しみか、湧き上がる感情が私の声を震えさせる。

「そうは言ってないけど。でも、そういう風に生まれても良かったとは思う。だって、世界的に有名なアーティストって、貧しい生まれの方が多いでしょ？　私は確かに裕福だけど、その代わり、強い反骨精神みたいなものは育たないから。つまり、どんな風に生まれても、メリットとデメリットは平等にあるってこと。私にも、もちろん瑛美ちゃんにも」

「……ごめん。全然分かんない」

本当に分からなかったわけではない。ただ、この女神のように美しい女から発せられる残酷な言葉の意味を理解したら、何かが壊れてしまいそうだった。

「私ね、大学を卒業したらアクセサリーブランドを立ち上げようと思っているの。自分がつくったアクセサリーを通してみんなを笑顔にしたいんだ！　いかなるジェンダーの方も、いかなる体型の方も、貧困にあえぐ方も、みんな丸ごと幸せにしたいから！」

茉莉乃はそう言って、夏空の下で輝くひまわりみたいな笑顔を私に向けた。彼女が嬉々《きき》として口にした耳心地のいい言葉たちは、ちっとも現実味を帯びていなかった。

「だから私、将来のために今からいろんな人と接しておこうと思って。いろんな人の悩みに触れて視野を広げたいの。今日このサークルに来たのも、その一環。夏は海外へボランティアしに行くんだ！　私が知り得ない、いろんな生活を見るためにね」

あぁ。そうか。私が『幸福』を知らないように、茉莉乃は『不幸』を知らないのだ。そうでなければ、こんな薄っぺらで能天気な考え方できるわけないもん。なんだよ、それ。ズルい。

私だって、そっち側が良かった。

気づくと、私の目から熱いものが吹き出していた。涙ではない。これは長年、心の傷口に溜まっていた膿《うみ》なのだ。クラスメイトに弟のことをからかわれた時、父に酒瓶で殴られた時、あの時流すはずだったものが、長い時を経てようやく体外に放出されたのである。

その液体は、後から後から湧いて出てきて私の視界を歪めた。それによって美しいはずの女の顔もグニャグニャに歪んでいく。ざまあみろ。

「じゃあ私の人生あげるから、茉莉乃ちゃんの人生ちょうだい。私だって幸せになりたいよ」

しあわせになりたい。しあわせになりたい。しあわせになりたい。


やっと断ち切れた。今日はやたらと昔のことを思い出してしまう。

たしかあの後、私がいきなり泣いたことを『酔いすぎ』と勘違いされて、茉莉乃に駅まで送ってもらったんだっけ。私って本当にどこまでもダサい。

一番ダサいのは、その時それだけムカついたのに、茉莉乃の美しさが忘れられなくてか、怖いもの見たさか分からないけど、私から連絡をして、たまにご飯を食べにいく仲になったことだ。最近は全然会っていないけど、今はどうなっているんだろう。どうせ悠々自適に暮らしているんだろうなぁ。

「おーい！　大丈夫かーい？　マリナちゃーん！」

　バスルームの扉を突き破るような大声で、斎木が私を呼んでいる。なぜだかその声を聞いた瞬間に涙が溢れ出しそうになった。自分のことを心配してくれる人間が、今ここに存在しているという事実がうれしかったのかもしれない。私はすぐにドアを開けて、斎木の腹に抱きついた。

「ごめん。嫌なこと思い出して、具合悪くなっちゃって」

「そうだったの。なんだか様子がおかしいから心配だったんだよ」

　斎木は私の頭を優しくポンポンと撫でた。まさか、斎木からのボディータッチを心地良いと感じる日が来るなんて。

「ありがとう……。あ、お酒！　一緒に飲もう！　大事な話があるって言ってたもんね？」

「――あぁ！　もういいや、今、言ってしまおう！」

　斎木は何やら決心した様子で、私の両肩を掴んだ。その真剣な眼差しを見ているうちに、なんだか私まで緊張してきてしまう。

「実は僕、今度結婚することになったんだ」

「えっ？」

　私と斎木の間を、ぬるいクーラーの風が通り抜ける。少し考えてから、私は「へぇ、おめでとう」と、文字通り気の抜けたような返事をした。

「ありがとう！　実は結婚相談所に登録していたんだけど、ついに成婚までこぎつけたんだよ！

それもこれもマリナちゃんのおかげなんだ！」

呆然と立ち尽くす私など目に入っていない様子で、鼻歌まじりに冷蔵庫を漁り始めた。

「なんで？」

「だぁって、ほら！　僕、恋愛経験浅いでしょう？　だから女性の喜ばせ方なんて知らなかったんだよ。マリナちゃん、いっぱい勉強させてくれてありがとう。おかげでスマートにエスコートできるようになったよ」

あぁ、エスコートも私のためじゃなかったんだ。斎木から受け取った缶チューハイをひと口飲みながら、苦く笑った。安い酒ってやっぱマズい。もっとまともな酒を飲ませてくれるパパを早く見つけなきゃ。

「斎木さん。幸せになるんだね」

「そうだよ。とうとう幸せを掴んだんだよ」

私はガッツポーズをしながら大袈裟に喜んでいる斎木に向かって、手のひらを突き出した。

「じゃあ、ご祝儀ちょうだい？」

「え？　僕がもらうんじゃなくて？」

「当たり前でしょ。私がいなかったら結婚できなかったって、今、自分で言ってたじゃん」

「うーん。んー。まぁいいか！　それは事実だし。なんだか気分がいいし！　じゃあ今日は三万円上乗せさせてもらうよ」

ばかジジイ。ほんとチョロすぎ。

さて、次は何に金を使おう。服？　バッグ？　整形？　とりあえず例の飲み会までに、いろいろ仕上げておかないと。

すべては、しあわせになるために。しあわせに見せるために。

2章 ビール

やかましく、無愛想に響くバイブ音で目を覚ました。

まだぼやっとする脳からの雑な指令でゴソゴソ手を動かし、なんとか音の発生源を見つけ出す。じんわり温かいその端末を掴んだまま顔に近づけ、表示されているLINE通知をタップすると、いつぞや適当に入ったリピ無しの焼き鳥屋からであった。……あぁ、ワンドリンク無料とか言われて友達登録したんだっけ。ほとんど無意識でブロックの操作を終え、思い出したように視線を画面の左上に動かす。十時三十一分。

良かった、なんとか眠れたみたいだ。家具が少ないせいで、六畳の割には広く感じるワンルームいっぱいあくびを響かせながら上体を起こし、かけたてのパーマ髪をいじる。徐々にクリアになってきた頭で、数時間後の自分を想像してみる。ふふっ。口角が上がりきるか否かのところでふと我に返った。

「どうしよ、服」

クローゼットと呼ぶにはあまりにお粗末な収納スペースに目をやり、ため息をつく。本当は今日のために、マルジェラのシャツを買うつもりだった。憧れの四つタグが背中に光る、チャコールグレーのシャツ。何度も『カートに入れる』まで進んだものの、セール価格にも関わらず家賃を優に超えるその金額に指が怖気付き、ついに購入には至らなかった。

頼りない精鋭たちの中からなるべくマシな組み合わせを見つけ出そうとベッドを降り歩きだした瞬間、足のふらつきを感じた。思わず立ち止まり、視線を足に下ろす。

情けない。まさか自分に、こんな一面があるとは。好きな女と、二人きりで酒を飲みに行くことに胸が高鳴り、眠れなくなるなんて。寝落ち用に流していた動画が、何度〝次の動画〟に切り替わったことだろうか。眠れない不安を分かち合ったかの如く、ぐちゃぐちゃに乱れたベッドへと引き返す。もうひと寝入りしよう。アラームを一時間後にセットするためスマホを手に取ると、インスタグラムの通知があることに気がついた。アイコンをタップする。

……『綾花』？　あぁ、あいつか。半年ほど前、何度か遊んだ女からのDMだった。

「元気ー？　久しぶりに今日行っていい？　もしくはうちでも可」

可、じゃねぇよ。そのメッセージへの無視を送り主にアピールするかのように、スマホを荒っぽくベッドに放り投げた。

＊

「燿成《ようせい》お疲れー。こちら、今日から入ってくれる滝澤さん。で、こいつがさっき話した……」

「あ、本当だかっこいい。でも私のタイプじゃないです！」

店長のゆったりした紹介を遮って、カラッと笑いながら悪びれる様子もなく言い放った未央への第一印象は、正直「何だこいつ」であった。

全体的に、ちょこんと小ぶりな顔のパーツ。その中でひときわ存在感を放つ、奥まで光が入り込んだような瞳。そして、胸の位置まである艶やかな黒髪で仕上がる、可愛らしくも甘すぎない雰囲気。こちらにとってはタイプ寄りだっただけに、余計に気が悪かった。

「大学生だけど、燿成はうちのエースだからさ。タッキーはカフェ未経験なんで、優しく教えてあげて」

いや、タッキーって。相変わらず店長は、クマのキャラクターみたいな風貌とそれに違わぬ穏やかな性格のわりに、人との距離を詰めるのが早く、上手い。

エースと称されたことに幾分か気を良くしたものの、まだ先程の一件に拗ねていることを周知するため、投げやりに「へーい」と返した。未央がすぐさま反応する。

「うわ、ダルそうにされた！」

「ダルくはないっすけど、さすがに初対面でいきなりタイプじゃないとか失礼な人だなとは思いました」

「確かに、それは絶対そう！　ごめんなさい、私がタイプじゃないばっかりに……」

「は？　え、ガチでやばい人ですか？」

「あはは、冗談！　失礼なやつですが、これからよろしくお願いします！」

今になって思う。失礼なくせして、技術点満点をつけたくなってしまうあの美しいお辞儀の勢いに、ネガティブな第一印象なんていとも簡単にひっくり返されていたのだろう。明るいとか元気とか、そんな単純な形容はもちろん、太陽みたいというありふれた表現も物足りない。

小悪魔的でもあるが、それも少し簡単すぎる気がする。なんと表現すれば良いのか分からないその不思議な魅力が、油断していた脳や心臓をジンジンと疼《うず》かせた。

それから未央に、心とエースの座を完全に奪われるまで、そう時間はかからなかった。仕事覚えの早さはもちろん、客、バイト仲間問わず次から次へと魅了してしまう天性のコミュニケーション能力を持つ未央は、誰が見てもこの仕事に向いていた。

「燿成！　突っ立ってないでB卓さんバッシングして！」

「はーい。偉くなりましたね、仕事を教えてくださった先輩に対して」

「せんぱぁい、その節はお世話になりましたぁ！　……早く行け！　これ私がF卓さん持ってっちゃいまーす！」

何気ないやり取りのひとつひとつに、いちいち胸の奥をつつかれた。背筋を伸ばされる呼び捨ても、忙しくても損なわれないノリの良さも、客前でなくても必ず卓に〝さん〟付けをするところも、すべてが心地良く感情をくすぐった。

未央と働くようになって三ヶ月が経つ頃。大学に到着してから『情報メディア特論』の休講が発覚し、時間を潰すあてもなくシフトよりかなり早めに店に入ったところ、帰り支度をしている未央とバックヤードで運良く二人きりになった。休講を決めた教授に心の中で感謝しつつ、喜びを悟られないようにあえて軽薄な挨拶をしながら椅子に座る。その返事としてはもったいないないくらいに気持ちがいい挨拶のあと、仕事着にも関わらずパリッとキレイな黒いシャツをハンガーに掛けながら、未央が話しかけてきた。

「あれ？　なんか早くない？　あっ。もしかして、そういうこと？」

「え？」

「私に会いたくて、講義抜けてきた感じ？」

「あんまり調子乗らないでもらっていいですか？」

会いたかったことに違いはない。冗談にならない冗談に、声が上ずりそうになった。未央はいたずらっぽく笑いながら近くの椅子に座り、続けた。

「っていうかさ、燿成って四年生だよね？　就活じゃないの？」

「あー。一応、説明会的なやつとかは去年行きましたね」

「うん」

「はい」

「……えっ？　それで？」

「それだけっす。なんか引いちゃって、あの雰囲気に。ここでそのまま社員になっても良いって店長に言われてるんで、まぁそれもアリかなって感じですね」

「……ふーん、そうなんだ」

分かりやすく落ちた声のトーンにつられて、明るかったバックヤードの空気が、梅雨時のような湿気を帯びたのを感じた。えも言われぬ居心地の悪さからいち早く逃れようと、次の言葉を探す。

「えっと、未央さんは俺の二つ上っすよね？　就活しなかったんですか？」

聞いた直後に後悔した。これだけ仕事場で上手く立ち回れる人間が正社員ではなくアルバイトという形態を選択しているのは、あまり踏み込まれたくないような事情を抱えている可能性もある。まずい、気を遣えないやつだと思われるかもしれない。慌てて付け足す。

「あ、すいません、なんか距離感バグってました。人それぞれ事情がありますよね。別に言いたくなかったら言わなくていいっていうか、その……」

悪事を問い詰められた子供のように、あたふたと言い訳する様子をじっと見つめていた未央が、怒っていないと言わんばかりに表情を緩め、笑った。

「ねぇ、何一人でずっと喋ってんの？　別に私、やばい事情があるとか無いから！」

とりあえず笑ってくれたという安堵と、困惑が入り混じる。こちらの複雑な心情を察したのであろう、未央が子をあやす母を思わせる優しい声で切り出した。

「私はね？　普通に就活して、それなりにちゃんとした会社で働いてたの。だけど、本当は絵を描くのがめっちゃ好きでさ」

「絵って、絵ですか？」

「絵って、絵ですよ。風景画ね？　働き始めた頃は、土日に趣味で描けばいいやって思ってたんだけど。でも、どんどん仕事が忙しくなっていくにつれて『貴重な休みに絵なんて描いてられない！』ってなっちゃったの。で、ある時その状況について冷静に考えたら、すっごい悲しくなって。だって私、絵〝なんて〟って思っちゃってるんだもん、大好きだった絵のことを。いずれ、これを悲しむことすら無くなっていくのかなって考えたらあまりにも辛くてね。わりと勢いで会社辞めちゃったんだ」

ほろ苦い記憶を丁重に扱うようにゆっくりと、柔らかくも切ない表情で話す未央を見て、なぜか鼓動が早くなっていることに気がついた。これは、どういった感情に対する身体の反応なのだろうか。初めて触れた未央の過去への驚きか、何も考えていない自分への苛立ちか、それとも――。誤魔化すように口を開く。

「かっこいいっすね。俺あんまり、尊敬とかよく分かんないですけど、店長と未央さんはなんとなくすげぇなって思います」

「かっこよくないよ全然！　まだ会社辞めて、バイトしながら絵描いてるだけの人だもん。誰にも求められてないのにやってるんだから、ただのわがままでしょ？　店長とは全然違う。理想のカフェを自分で開いて、ちゃんとそれなりに儲かってるってことは、求めてる人がいるってことだもん。私がそうなったら、改めて尊敬してくれていいよ？」

ふっと笑いながら未央は、腰を思いっきりひねった。ポキポキとやけに大きく響いた音に、思わず二人とも吹き出した。

「燿成にさ、説教する気なんてさらさらないのよ。就活しろとも、するなとも言うつもりない。知らないもん、そんなのどっちがいいかなんて。燿成が決めることだし。でも、好きなこととか、嫌いなこととか、やりたいこととか、やりたくないこととか？　そういうのに向き合ってみる時間もそれなりに必要だなぁと今思うからさ。……あ、ごめん！　なんか燿成がそういうこと何も考えてないって決めつけてる感じになっちゃった！」

　店長こだわりの、温かみのある木製ドアを貫通して店内にまで響いてしまいそうな笑い声に、真剣に聞いていることを示そうと整えていたこちらの表情も、不可抗力で崩れる。

「いや、でも実際そうなんで。俺、本当分かんないんですよ。好きなこととか」

「難しいよね、いざ考えてみると。でもきっと、燿成にも何かはあるんだろうけどね」

「どうかなー、俺が好きなこと。まぁ強いて言えば、チヤホヤされることっすかね」

　言ってすぐ未央の笑い声が耳に届く。よし、ウケた。

「やばぁ！　でも意外と、きっかけはそういうことなのかも。あ、じゃあさ？　芸能人になればいいじゃん！」

「いやいやいや……ないっしょ」

「なくないっしょ。だってほら、燿成かっこいいし、メンズメイクとかもしてて、今っぽい男の子な感じじするし。……なのにごめんね？　私はタイプじゃなくて」

「それまじうざいんでやめてもらえます？」

狭苦しい、お世辞にも居心地がいいとは言えない空間に、このままいつまでも居座りたかった。幸せな気持ちで心がふやける。と同時に、好きなこと、嫌いなこと、やりたいこと、やりたくないこと——未央とのやり取りに登場した言葉が、頭の中をゆらゆらとまとまりなく浮遊していた。正直よく分からない。分からないけど、この人に認めてもらえるような、いや、せめて落胆されないような何者かになりたい。

「それじゃ私、そろそろ帰るね」

「はーい、お疲れ様でーす」

寂しさを声に滲《にじ》ませないように、なるべくいつもと変わらぬ挨拶をしながら未央の背中を見送った。突然訪れた手持ち無沙汰に、ほとんど反射的にポケットからスマホを取り出し、SNSを流し見る。

「……あっ」

幸せだった時間の余韻でぼやける頭に、あるアイデアめいたものが浮かんだ。

＊

平日にも関わらず吉祥寺の街はたくさんの人で溢れ、落ち着きが無かった。無論、待ち合わせの十九時より四十分も早く駅に到着してしまい、井の頭公園の周辺をあてもなく彷徨《さまよ》っていた自分がもっとも落ち着いていないことは自覚している。

ほっつき回っている間も、気が気でなかった。店のチョイスは外していないだろうか？　未央の住む駅からのアクセスを考慮して、新宿、渋谷、下北沢、吉祥寺を提案した。下北沢か吉祥寺が良いという返事であったが、どちらかと言えば吉祥寺の方が大人な選択のように感じて、吉祥寺に決定した。

難航したのはそこからだ。「私、本当になんでも好きだから燿成が食べたいものでいいよ」というメッセージに頭を抱えながら、とりあえずＳＮＳのグルメアカウントを見漁った。しかし、どの店もいわゆる〝映え〟を意識し過ぎているような気がしたし、何よりＳＮＳで紹介されている店を安易に選択するような男なのかと失望されることを恐れ、むしろ選択肢から外すことにした。

結局、グーグルマップ上の評価が高い店をいくつか絞り込み、念の為それらをさらにひとつずつ食べログ上で確認し、諸々のバランスを見て、悪くなさそうなイタリアンバルを予約した。こんなことならもう少し経験値を積んでおくべきだったと、過去その時々で遊んだ女に店選びを一任していたことを悔い、わずかながら反省した。

予約時間の五分前。しっかり緊張しながら入店すると、オレンジ寄りの茶髪が目立つ自分と同世代くらいの店員に、奥の二人掛けテーブルへと案内された。未央はまだ到着していないようだ。古い西洋の絵画から飛び出してきたような洒落た店内を落ち着きなく見回しながら着席し、自分の足元に視線を落とす。メルカリで購入したアディダスのサンバに、圧倒的一軍であるスタジオニコルソンのワイドスラックス。黒で固めた下半身は、鉄板の組み合わせだから大丈夫なはず。問題は……、左手で襟元をやんわりと触る。古着で購入したブルーのストライプシャツ。ブランドはよく分からない。

家を出る本当に直前まで黒のシャツと迷ったが、全身黒では無難過ぎるような気がしたし、何よりも普段のバイト着と代わり映えしない感じがしてやめた。ただこれはこれで、爽やかな印象を狙い過ぎているのではないだろうかと不安の底無し沼に引きずり込まれそうになった時、

「お待たせ!」と声がした。弾かれたように顔を上げる。

「ひゃあ……おっしゃれなお店! あ、予約とかありがとね!」

他にも店内への感想を何やらぶつぶつと言っていた気がする。かろうじて、音として感じてはいたが、脳には届かなかった。アニメで可憐なキャラクターが現れた時のような、背景がキラキラと輝き、スローモーションになるエフェクトが目の前に立つその人にかかっていた。

控えめに花柄があしらわれたネイビーのワンピースが、最高によく似合っている。雰囲気のある照明の下で、一段と艶やかに輝くロングヘアが美しい。その上、メイクも普段と違って……、いや、すべてひっくるめて〝かわいい〟のひと言で片付く。いまだに続いていた頭の中のエフェクトをどうにか振り払う。

「あ、今日はありがとうございます。来てくれて」

おい、何だそれ。自分でも意味不明な第一声に、耳が熱くなるのを感じた。

「あはは、何それ！　私ドタキャンしそうな感じ出ちゃってた？」

手に持つ小さなレザーバッグの置き場所を探しながら可笑しそうに笑う未央に、ほっと心が解《ほぐ》れる。そして同時に、自分が激しく緊張していることも認識する。

「あ、荷物、椅子の下に箱あります」

「本当だ、さすがカフェ店員！　ありがとう！」

こちらを真っ直ぐ見て愛嬌いっぱいの表情を浮かべる未央に、胸がドキッと跳ねた。未央は、些細なことであっても目を見て「ありがとう」と言う。それは決して恩着せがましい打算的なものではなく、本当にいちいち感謝が溢れてしまっているような「ありがとう」で、たくさんある好きなところのひとつだ。まさに今だって、おしぼりを受け取りながら店員にありがとうございますと微笑みかけている。……だめだだめだ、このままでは永遠に観察し続けてしまう。自分に喝をいれるように勢いよくメニューを開き、未央の前に差し出した。

「とりあえず飲み物頼みましょ。俺、生にします」

「えー、どうしよ。せっかくイタリアンだしワインとかシャンパンとかにしようかな。このタヴェ、ネッロ、オルガ……うん、よく分かんないから生で！」

かわいい。ここから数時間、こんなにも一挙手一投足に感情が転がされてしまうのだろうか。

うれしい不安で、顔が綻《ほころ》んでしまいそうになるのを必死に堪えながら、近くの店員に生ビールふたつと、すぐに出てきそうなチーズの盛り合わせを注文した。先程の自分と同じように、店内をキョロキョロと見回しながら未央が聞いてくる。

「ねぇ、燿成ってこのお店よく来るの？」

「え？　あぁ、初めてっすね」

「本当にぃ？　こういう店に女の子誘いまくってるんじゃないのぉ？」

「いや、まじで無いです」

彼女に浮気を疑われた男のように、必要以上に強く、そして早く返した。もちろんこの店に来るのは初めてなのだが、少しでも未央に不誠実な印象を持たれたくなかった。

「ふーん、本当かなぁ？　かなりモテるって木村さん言ってたよー？」

余計なことを……。おそらく善意で話していたであろう店長の、優しいクマのような顔を想像しながら膝の上で軽く拳を握りしめたところで、ビールが運ばれてきた。丸みを帯びた美しいグラスに、並々と注がれている。白く澄んだ泡をこぼさぬよう慎重にグラスを持ち上げ、乾杯をした。喉を軽く潤す程度にひと口だけ飲み、先ほどの疑いに改めて反論する。

「そういうのは昔の話っす。もうやめました」

「そういうの？」

「女遊びみたいなの。もう俺も大人になったんで」

「いやいや、君まだ二十一でしょ！　でも確かにさ、耀成ってお客さんに対しては別人みたいにちゃんと愛想いいし、モテる感じ分かるよ」

「食べ物頼みましょうよ。チーズしか頼んでないで」

話をこのまま宙に散らしてしまうかのように、メニューを開く。実際未央と出会ってから、いわゆる遊びと思《おぼ》しき関係はすべて絶っていた。あくまで一方的にではあるが。過去のくだらない自分に、こんな夢のような時間を邪魔されるのは御免だ。

「あ、ごまかした！　怪しいなぁ。まぁ別にいいんだけど」

ニヤニヤしながら未央は、メニューを次のページへとめくる。別にいいってなんだよ。話を逸らしたかったくせに、興味を持たれないのは嫌。相手にしたくない面倒なタイプの人間にまさに自らが陥っていることに、波のように自己嫌悪が押し寄せた。

忙《せわ》しなく動く感情が、表に出てしまいそうになるのを気づかれぬよう、なるべくメニューに顔を近づけ、赤丸が添えられたオススメらしき料理名をいくつかぶっきらぼうに指差し、あとは未央に委ねた。

派手なオレンジ髪の店員に注文を済ませると、未央が内緒話をするように「ねぇねぇ」と手招きした。

「今のかわいい店員さんさ、耀成のこと気づいてるんじゃない？」

「え？」

「ＴｉｋＴｏｋ！　見てるんじゃない？　チラチラ燿成のこと確認してる気がするんだよねぇ」

顔を上げ、オレンジのひとつ結びを目で捉えるも、こちらの視線などまるで気がつかないと言わんばかりにあくせくと動き回っている。

「いや、気のせいじゃないっすか？」

「絶対そうだよ。だって今、フォロワー五万人とかいるでしょ？　本当すごいよね。そりゃそういうこともあるか」

未央の言葉が、血液に溶け込み体中を巡る。これだ、これが欲しかったんだ。その言葉をより体の奥深くまで染み渡らせるべく、ビールをあえて音を立てて流し込みながら、未央に認めてもらえる何者かになろうと決意したあのバックヤードを思い出していた。

＊

未央が去ったあとのバックヤードは、先程までの夢みたいな時間がまさしく夢だったかのように、静寂が流れていた。そこでひとり、食い入るようにスマホを見つめる。

画面の中には、高校からの親友である一輝に、突然肩を叩かれて驚きながら振り返る自分が映っている。半年ほど前、一輝のアカウントでアップロードされたＴｉｋＴｏｋ。右端の吹き出しマークをタップする。

「ビジュ良」
「これはイケメンすぎる」
「びっくりしてるのにかっこよ」

何度も確認したはずの自分を称賛するコメント欄に、改めて新鮮にドーパミンが溢れる。顔も知らないどこの誰からであろうが、褒められてうれしくない人間などこの世にいない。

チヤホヤされたい。未央を笑わせたくて冗談のつもりで口にしたその言葉が、気がつくと頭の中で少しずつ濃度を上げていた。

一応、自分のTikTokアカウントも持ってはいる。だが気恥ずかしさや、何よりも圧倒的に面倒くさがりである性格のせいで、自ら動画を投稿するまでには至らず見る専門になっていた。

しかし今、これこそ自分が求めるものを与えてくれる、唯一の方法な気がしていた。俳優とか歌手とか、いわゆる芸能人になりたいわけではない。だけど、チヤホヤされたい。認められたい。馬鹿みたいだけど、未央にすごいと思われたい。

一輝のアカウントは、自分を撮影した動画だけが三十二万再生とややバズっていた。他の動画の再生数は数百から、多くても千回程度。これは、自分に需要があると考えても間違いではないだろう。何かものすごい発見でもした研究者のように、スマホを片手に落ち着きなく立ったり座ったりしていると、ガラガラと薄いドアを開けて店長が入ってきた。

「おう燿成お疲れー。あれ、早くない？　十七時からだよね？」

「あぁ、休講になって暇だったんで来ちゃいました」

「へー。急な休講ってテンション上がるよねぇ」

そう穏やかに言いながら、先程まで未央が座っていた椅子にのそっと座る。返事の代わりにひとつ、店長に質問をした。

「店長って、このカフェいつからやりたかったんですか？」

「何いきなり？　あ、もしかして企業分析？　就活の一環？」

店長はわざとらしく背筋を伸ばし、構えたふりをする。

「違いますよ。普通に疑問に思っただけです。なんか、熱い想いとかあったのかなーって」

言いながら、急に恥ずかしい話をしてしまっているような気になって、店長に向けていた視線をあちこちに動かした。訝《いぶか》しげな声で店長が言う。

「うーん？　いやぁ、そういうんじゃないなぁ。俺、人にいろいろ指図されるのとかが苦手でさ。あ、尖ってたわけじゃないよ？　分かると思うけど。ただ、のんびり働きたいなぁと思ってね」

「へぇ……。なんでカフェなんですか？」

「なんで？　うーん、なんでだろう。なんか自分のカフェってカッコイイなって思ったからかな？　自分のカフェでのんびり働く。良くない？」

他人事のように笑いながら言う店長を見て、拍子抜けしてしまった。店の主として大丈夫なのかと心配にすらなる程、熱さとはかけ離れた返答だった。

「良いっすね。でもそんな簡単に自分の店って開けるんですね」

店長のテンションに合わせて軽いノリで返した瞬間、その穏やかな笑顔に少しだけ真剣さが入り混じった。

「簡単では無かったかな。当たり前だけど、開店資金貯めるために昼間はカフェでバイト兼修業しながら、深夜のコールセンターでもバイトしたしさ。研究で一日に十店舗以上カフェ巡って目がギンギンになったこともあったなぁ」

ふふふと笑うその表情は、いつの間にか先程までの柔らかな笑顔に戻っていた。あぁ、そうか。だからこの人は尊敬できるんだ。わざわざ見せびらかしはしないけど、心の中ではちゃんと炎が燃え上がっているから格好いいんだ。

「ありがとうございます。参考になりました」

「え、何の？　もしかして独立しようとしてる？　弱ったなぁ。来年オープンの新店舗、燿成も店長候補だったのに」

やっぱり熱さなんて微塵も感じられない表情で笑う店長につられて、笑う。

よし、やるぞ。俺も未央に格好いいと思ってもらえるような男になろう。振り向いてもらうんだ、必ず。心の中で静かに火を灯し、スマホを握っている右手にグッと力を入れた。

「いやぁ、だからね？　まじで未央さんのおかげなんですよ！　ほんとに！」

「分かったってば！　何回も聞いてるから！　燿成ちょっと一回お水飲みな？　あ、すみません。お水ひとつと、これ……同じ赤のグラスお願いします」

申し訳なさそうに、未央が近くにいたオレンジ髪の店員に注文をする。水なんていらないと遮りたいところではあったが、正直助かった。

右手で握っているこのグラスは、何杯目のビールだろうか。本当は、二杯目からは甘くて美味しい酒が良かった。普段、カルピスサワーがある店では絶対それを頼むし、無ければなるべくジュースに近い酒を頼む。しかし、今日はそういうわけにいかなかった。二杯目からワインに移行した未央に、ガキだと舐められてはいけない。苦味しか感じないビールを次から次へと流し込んだ。

「ねぇ燿成、本当はお酒強くないでしょ？　ごめんね、もっと早く気がつけば良かった」

「いや、全然大丈夫ですから。それよりも、ＴｉｋＴｏｋバズったのは、ほんと、あの日未央さんに説教されたおかげなんですよ」

酔っている。確かに今、酔っている。飲みすぎているのは、目の前にいる大好きな人への緊張を誤魔化すためだけではない。褒められて、しっかり舞い上がってしまったのだ。

「だから説教じゃないってば！　でも、燿成が頑張るきっかけになったなら良かったよ」

「まぁ、バズってる音源とか使ってスカしてるだけですけどね。撮ったあととか、これの何がいいの？　ってなりますもん。冷静に。一応、毎日投稿はしてますけど」

「スカしてるだけってことはないでしょ。それが何十万回も再生されるっていうことは、需要があるってことじゃん。しかも数ヶ月でフォロワー一気に伸びてさ。毎日上げてるのもすごいし。うん、本当にすごいことだよ」

あぁ、また。だめだって、また飲んじゃうよ。もう体はとっくに受け付けていないはずのアルコールを、心が求める。浮かれている。分かっている。でもいいんだ、飲まずにはいられない。

「まぁ、謙遜するのもダサいんで、はい、すごいはすごいっすね。すいませーん！　ビールひとつ！」

「えぇ、ちょっと大丈夫なの？」

心配そうにしている未央もかわいい。もう何をしていてもかわいい。あらゆる感覚がふわふわしている。普段自分を制御している鎖が、バチンバチンと切られていく。気がつくと、求められてもいない自分語りを始めていた。

「俺、大学めちゃくちゃつまんなかったんですよ。高校までは勉強も運動も、そんなに頑張んなくてもずっと上の方だったんですけど、大学受験ミスって。滑り止めの、そのまた滑り止めしか受かんなくて。分かりやすく挫折したんですよ。ガチでなんかどうでも良くなって毎日つまんなくて。単位だけ取りに行って、適当に遊んで、バイトばっかして。バイトはまぁ、楽しかったですけど。だからとにかく、すごいとかかっこいいとかチヤホヤされたりする感じが久しぶりで。とにかくなんか今、楽しいんですよ。ありがとうございます！」

絶妙なタイミングで酒を届けてくれた店員に向けてか、未央に向けてか分からない感謝の意を述べる。同じく、どちらに向けてか分からなかったであろうその感謝を、受け取っておきますと言わんばかりに未央が笑う。

「そうかそうか。燿成もいろんなことがあったんだ。でも、今楽しいならいいね！　うん。今の燿成、かっこいいよ！」

あ、やばい。この時間が、この空間が十分すぎるくらいに幸せなのに、なんかもう、止まらない。また、鎖の切れる音が聞こえる。

「未央さんは、どんな感じですか？　あの、絵のこととかもそうですけど、その、プライベートっていうか」

「プライベート？」

「だから、えっと……付き合ってる人とかっているんですか？」

その瞬間、本当に一秒にも満たないほどの時間だが、空気がピタッと止まったような感じがした。そのわずかな隙間を無かったことにするかのように、やたらと明るい声で未央が言う。

「何、急に！　うーん、どっちだと思うー？」

小悪魔的な表情を浮かべ、目の前でぐるぐると円を描く仕草をする未央に、数秒前の違和感なんて簡単に忘れてしまう。

「いや、俺が聞いてるんすよ。えーっとー、い……」

「外したら今日奢ってもらっちゃおうかなー？」

「え、何でですか！　まぁいいですけど」

「いいんだ！　さぁ、どっち？　い……？」

「たぶん、絵とか忙しいと思うんで、い……ない？」

震えそうになりながら、希望の回答を選択した。奢るか奢らないかなんてどうでもいい。むしろ、元々奢るつもりでいた。何としても、このクイズをこの回答で正解したい。

未央は、昔よく真似されていたクイズ番組の司会者の如く、溜めの表情をつくっている。ふざけている未央にツッコミを入れる余裕もなく、ビールをひと口ゴクリと喉を鳴らして飲んだ。味なんてしない。未央はその大きな音にふふっと笑い、また司会者の表情に戻すと、ゆっくり顔をこちらに近づけた。

「正解っ！」

低い声で言ったあと、弾けるように高く笑った。

「……あぶねー！　良かったー、奢りじゃなくて！」

大げさに胸を撫で下ろすそぶりを見せながら安堵する。良かった。まじで良かった。胸の上に置いた手の平に、シャツを突き破るくらいの大きく速い鼓動が伝わった。

「あーあ、残念。燿成はどうなの？」

「え？」

「付き合ってる人いるの？」

「あぁ。いないっす」

「え、すぐ答えちゃうの？　やってよクイズのやつ！」

こちらの話なんてどうだっていい。そんな無駄な話に使っている時間などない。未央が頼んでくれた水のおかげだろうか、先程より多少はまともに働くようになった頭で、次の展開を考える。

未央は今、何を考えているのだろう。俺に彼女がいないと知って、何を思ったのだろう。うれしい？　どうでもいい？　そもそも、この話題はもう切り上げた方がいいのか？　初めてのサシ飲みにしては、踏み込みすぎてしまったかもしれない。だけど。

お皿の上で、忘れられたように一枚だけちょこんと残っていたほんのり赤いローストビーフを未央がこそっと口に運ぶ。こちらの視線に気がつき、バツが悪そうに笑う。――だけどやっぱり、もっと踏み込みたい。

「じゃあ、好きな人はいますか？」

自分でも、何を言っているのだろうと思った。少し酔いが醒めた気がしていたのは、どうやら勘違いだったようだ。何を中学生みたいなことを聞いているのだろうか。未央も目を丸くしていた。

「え？　何、修学旅行の夜？」

　いつの間にかだいぶ少なくなっていた赤ワインを口にして、笑う。ホッとするけど、少し苛立ってしまう笑顔だった。だって、本気で知りたいことだから。

「そうです、修学旅行のやつです。好きな人いるんすか？」

　あえて、軽いテンションに切り替えて聞く。

「えー？　なんでよ。あ、どっちだと思うー？」

「もうそれいいですって！」

「えーそうなの？　まぁ、いるよ？」

「……へー！　まじっすか！」

　間違いなく、鼓動が今日一番の速度を記録している。もしかしたら、人生で一番かもしれない。どうしよう、落ち着け。

「ていうか、そんなの本当に興味ある？」

「ありますあります普通に。え、俺その人知ってます？」

「ちょっと、まじで修学旅行じゃん！　うん、まぁ、そうね」

　やばい。心臓が、鼓動の速度が毎秒新記録を更新している。待て、あるぞこれ。どうする？

どうする？　次は何を聞く？

「木村さん」

……え？

「木村さん、気になってるんだ」

えっと、は？　ちょっと待って。なんて？

「店長……？」

「うん。あ！　でも付き合いたいとかそういうのではなくて！　憧れというか、うん、すごい人だなぁっていうかね？」

なんだよ。

「へぇー、意外っすね！　まぁでも、けっこうお似合い感ありますよ。なんていうか、美女と野獣的な」

「はぁ？　やめて変なこと！　でも本当に、どうにかなりたいとかじゃないから、誰にも言わないでね？」

なんだよその顔。こんな薄暗い店でも分かるくらい赤くなってんじゃねぇよ。

「燿成も教えてよ。私言ったし！」

「俺はいないっすね。まぁインフルエンサーの端くれなんで、遊べる女はいますけど」

なんかもう、どうでもいいや。

「うわー！　やっぱり遊んでんじゃん！　嘘つき！」

酔いはとっくに醒めていた。今度は勘違いではない。ケラケラ笑う未央を無視して、残りのビールを一気に飲み干した。

「お会計しますか、そろそろ」

「あー、そうか。もう何も頼んでないもんね。うん。ありがとね今日は、楽しかった」

「こちらこそです」

お会計は、少しだけ多めに出した。奢るのも、割り勘も不正解な気がした。正解か不正解かなんて、もうどうでも良かったけど。お釣りを受け取った直後、オレンジ髪の店員に「お兄さんＴｉｋＴｏｋやってますよね？」と聞かれた。「やってないです」と目を見ず答えて、ひんやり冷たいドアノブを押した。


買い物があると言って、店を出てすぐに未央と別れた。もちろん買いたい物なんてない。この時間であれば、まだギリギリ入れるような古着屋のひとつふたつあるかもしれない。でももう、どうだっていい。

明らかに、駅には続いていない道を歩く。居酒屋から出てきたサラリーマンらしき集団の浮かれた笑い声が聞こえる。つまらないやつらのつまらない飲み会。意味のない時間を過ごしたという点では、自分と大差ない。

相手が店長でなければ、こんな気持ちにはならなかったのだろうか。諦めずに立ち向かおうと思えたのだろうか。店長の名前を聞いた瞬間の、心臓が準備なくピタッと止まった感覚を思い出す。あの人は、無理だ。あの人には勝てない。

トートバッグの中を見ないまま左手で探り、奥底からスマホを取り出す。インスタグラムのアプリをトンッと強く叩く。今朝からずっと無視していたＤＭに、「久しぶり。そっちの家いくわ」と短く返信した。

3章

生絞りグレープフルーツサワー

仕事を終えてビルを出た途端、大きく風が吹いた。春を感じさせるさわやかな四月の風だ。柔らかい緑の匂いを胸いっぱいに吸い込むと、その中に焼き鳥の香ばしさがあるのを感じた。いったいどこから漂っているのだろう。

顔を上げると、まだ薄明るい空にさまざまな店の照明が溶けて混ざり始めていた。金曜日の宮益坂は異様なほど熱気を帯びている。

まさか自分が渋谷で働くことになるなんて思わなかった。入社してから一ヶ月が経とうとしているが、この街にはまだ全然慣れない。ハタから見ても、私ほどの地味な女がこんなにも華やかな街を闊歩《かっぽ》しているなんて、とんだお笑い草だろう。だが仕方ないのだ。『ピオニージャパン』にしか受からなかったから。

口下手な私にとって就職活動は困難極まりなかった。口下手。そう、私はまごうことなき口下手なのだ。

例えば、初対面の人と話す時。社交辞令を言うところまではなんとかできるのだが、定番の話題が尽きたあとは、完全なる弾切れ状態に陥って、スマホを弄るフリをして逃げてしまう。誰かから冗談を言われた時も困る。陽キャたちが発した冗談にノることもできず、いや、冗談に気づくこともできずに「あぁ」とか「そう」などとつまらない返事をして、場をしらけさせてしまうことが多いのだ。こんなことではいけないとは思っている。だが、気の利いた返事を捻り出そうと思っても、空っぽの頭はただキリキリと痛むばかりで、何にも思いつかないのだ。

そんな私がどうにか面接を潜り抜けて内定をとることができたのが、渋谷にオフィスを構えるマーケティング会社『ピオニージャパン』だったのである。

いつもは退勤してすぐに、オフィスの近くの定食屋で晩御飯を済ませてから帰るのだが、今日はあまりお腹が空いていない。お腹が空くまで『まんだらけ』で時間を潰すか。

私はJR渋谷駅を通り過ぎて、宇田川町へと足を向けた。別に買いたいものはないのだが、『まんだらけ』はその空間にいるだけで癒されるので、暇つぶしにはもってこいなのだ。広い店内を埋め尽くす、中古の漫画やドラマ、CD。それらを見ていると、どこかで息を潜めている同志の存在を感じることができて、妙な安心感に浸れる。「私だけじゃない」と思える貴重な空間。それが『まんだらけ』なのである。

騒がしい街を抜けて、ようやく目的地に辿り着く――というその瞬間、どこからか甘い香りが漂ってきた。これはチョコバナナクレープの香りだろうか。

クレープのお店は一階。『まんだらけ』は同じビルの地下一階。私は甘い匂いを振り払って、地下へと続く階段を降りようとしたが、抑えきれぬ衝動から、途中で足が止まってしまった。

ダメよ。知世！　だって、私のような激ダサもぐら女が、街中でクレープなんていうファンシーなものを食べていたら、注目を浴びるに決まっているじゃないの。耐えるのよ！

気づくと私は、クレープ屋の列に並んでいた。恥じらいの気持ちよりも、食欲が勝ったのだ。

情けない。若い女性の店員が「ご注文は?・」とぶっきらぼうに口を開いた。首に冷たい汗が流れるのを感じる。私は飲食店などで注文をするのが苦手なのだ。

あれほどバナナのクレープが食べたいと思っていたのに、メニュー表の細かい文字を見ている内に、何を食べればいいのかが分からなくなってくる。チョコバナナ、カスタードバナナ、アーモンドバナナ……。バナナだけでもこんなに選択肢があるのか。どうしよう、何を頼めばいいのだろう。うしろに並んでいるカップルの視線が「早くしろ」と言わんばかりに、私の背中を突き刺した。

「お店のおすすめ——とか、あったら。それで」

私はメニュー表と目を合わせたまま、口早にそう言った。もちろん本当はバナナ系のクレープを食べたかったのだが、素早く選べそうになかったので断念したのだ。店員は、テキパキと生地を焼いていき、山盛りのクリームの上にいちごとパイ生地を乗っけると、出来上がったものを私に手渡した。いちごミルフィーユなんとか、と店員が言っていた気がする。

率直に言うと、ものすごく美味しそうだった。なんならバナナよりこっちの方が好みかもしれない。これはいわゆる結果オーライというやつではないだろうか。私は、手渡されたばかりのクレープを、うっとり見つめながら謎の達成感に酔いしれた。

小声で「いただきます」を言って、クレープに齧《かじ》りつこうとしたその瞬間、はっと我に返った。私はクレープを胸にかかえて、そーっとあたりを見渡す。もし、職場の人に、こんな浮かれた姿を見られてしまったら、明日からどんな顔で出社すればいいか分からない。職場から少し離れているとは言え、渋谷なのだから誰かに見られていてもおかしくないだろう。私はクレープを庇《かば》ったまま往来に目をやった。幸い職場の人も、街の人も、誰も私のことなど見ていなかった。渋谷の人々はみな『それぞれの人生で精一杯』という顔で歩いている。恋人と寄り添って歩く人たち、互いの肩を組んで笑う大学生の集団、疲れた顔のサラリーマン。この街は、人に干渉しない雰囲気があって良い。

「石田さん！　そんなところに突っ立って、どうしたの？」

突然後ろから肩を叩かれて振り返ると、背の高い派手な顔立ちの女性が立っていた。目が合って少し経ってから、それが同期の後藤詩織さんであることを脳が認識する。

「あ、いや！」

全身の血液がグワーっと顔に集まってくるのを感じた。クレープを後ろ手に持ち、後藤さんからソレが見えないように体の向きを変える。

「なんか用事でもあるの？　あ、私は今、入れそうな居酒屋、探してるんだ！　でも金曜ってどこも混んでるから店探しまじで大変でさぁ」

後藤さんの手には真っ赤な口紅が握られている。どうやら鏡も見ずに、口紅を塗りながら歩いていたようである。かねてより感じていたことだが、なんというか、ものすごく豪快な人なのだなぁと思った。

「ねぇ、石田さんってクレープ好きなの？」

「えっ！」

後藤さんは私の背後を覗き込みながらそう言った。いったいいつから気づいていたのだろう。

「違うんです。あの。べつに普段から買い食いをしているわけではなくて、その……」

「あははっ。かわいいとこあるんだね。なんか一気に親しみやすさ感じちゃった」

活きのいい魚を丸呑みするペリカンみたいに、後藤さんは大きく口を開けて笑った。

「あ！　そうだ。これからハナちゃんと飲むんだけど、石田さんも来ない？」

「え」

予想外の提案に、私の心臓はビクンと跳ね上がる。

「先輩たちに歓迎会は開いてもらったけどさ、まだ同期三人で飲んだことないじゃん？　ね、いいでしょ？」

「でも――」

「迷惑だったらアレだけど。せっかくだからさ、ね？」

渋谷中の光を集めたみたいにキラキラ輝く瞳が、こちらに向けられている。

初めて後藤さんの顔を間近で見て気づいた。ずっと何かに似ていると思っていたのだが、後藤さんは実家のタンスの上に飾られているフラダンス人形に似ているのだ。小麦色の肌も、しっかりとした毛量の黒髪も、あの人形そっくりだ。

「ちょっと！　石田さん？　聞いてる？　行く？」

「はい、あの。はい」

　後藤さんの迫力に気圧《けお》された私は、同じ会社の新入社員だということ以外、まったく共通点がなさそうな二人と飲みに行くことになってしまった。ろくに喋ったこともないのに、参加して大丈夫なのであろうか。

　不安な気持ちが入道雲のように大きく膨らんで私の心を暗くさせていく。

「ハナちゃんには私から連絡しておくから、この辺で待とう。なんか塚田さんに捕まってるらしいんだよねー。あの人、話長いじゃん？」

「あ、はい」

「そうだ！　クレープ！　私に気にせず食べちゃってね」

「あ、はい。すみません」

「あははっ。ねー、なんでそこで謝るの？」

「……」

「……」

　街の騒がしさが我々の沈黙を際立てる。間を繋ぐために何か話した方がいいのだろうが、全然話題が思いつかない。気まずさを打ち消すためにクレープを口に運び続けていたら、味を感じる間もなく一瞬で完食してしまった。どうしよう。

こんな時、同世代の女の子たちはどんな会話をするのだろうか。ファッションの話？　恋愛の話？　いずれにせよ、どちらも私には縁のない話だ。もうお手上げである。

そんな時、横を通り過ぎる女子高生の会話が耳に入った。

「アミってまじでかわいいよね。目デカいの羨ましい」

「そんなことないって。てかユキの方がかわいいよぉ」

私は「これだ！」と膝を打った。そういえば学生時代にイケている女子の集団が、こういった会話をしていた気がする。

私は後藤さんの全身をスキャンするように、頭からつま先まで視線を這わせた。ふさふさの凛々しい眉毛。黒い髪。白いシャツ。長い脚。――よし、脚だ。脚にしよう！　さらっと褒めてナチュラルにコミュニケーションをとろうではないか！

「あのぅ。後藤さんって、脚の根元が高いですね！　かっ……かわいい」

「え？」

後藤さんは大きな目をパチパチと瞬《しばた》かせている。最悪だ。我ながらキモすぎる。焦りすぎて、頭に浮かべた言葉がぐちゃぐちゃに混ざり合ってしまった。

「違うんです。セクハラみたいになっちゃったんですけど、そうじゃなくて、脚が長いって言いたかったんです。腰の位置が高いっていうのと混ざっちゃって……あぁ！　根元はキモすぎる！　ごめんなさい！」

喋れば喋るほど言いわけがましくなっている気がする。だが、その時大きな破裂音がした。

「ぶっ！　あっはっはっは！！」

　後藤さんは赤くてツヤのある、パプリカみたいな唇を愉快そうに大きく広げながらしばらく笑い続けていた。

「あのぉ、後藤さん？」

「あははっ。いや、褒めようとしてくれたんでしょ？　ありがと。ははは。あーお腹痛い！　てか、前も言ったけどタメ口でいいからね」

「はい。……あ！　うん！」

　なんて優しい人なのだろう。私のセクハラ発言を笑って済ませてくれる上に、タメ口を勧めてくれるだなんて。一応、コンプライアンス課に相談されるところまで想像していたから、後藤さんの反応を見て心底安心した。外見の派手さに気が引けて、業務連絡以外ではほとんど会話をしたことがなかったが、彼女は想像していた以上に善良な人間なのかもしれない。

「はー！　ってかさ！　つまんないよね。仕事！　まじ飲まなきゃやってらんないわぁ」

　後藤さんは、突然大きなため息をついた。

「そうですか？」

「ほら！　敬語使わない！」

「あ、ごめんなさ——ごめん。えっと、後藤さんは仕事がつまらないって思ってるの？」

「うん。だって、マーケティング会社って言っても、ウチらがやってるのなんて雑用じゃん？　もっと真面目に就活すれば良かったって毎日思ってるよ」

後藤さんが言う通り、私たちに与えられている業務のほとんどが雑用の類だ。一般的な事務作業に加えて、来訪したクライアントに配るためのお弁当の手配、会議室で座談会が開かれる際のセッティングなど、いずれの作業も地味極まりない。しかし、自分の意見を求められるようなことがないので、コミュニケーションが苦手な私にとっては『いい職場』なのだ。

「おまたせぇ」

返事をしようと思って後藤さんに向き直ったその瞬間、どこからか甲高い声が聞こえてきた。カツカツと白い靴のヒールを鳴らして現れたのは、もう一人の同期、戸田花恵さんだった。ふわふわした淡いピンク色のワンピースとその小柄さが相俟《あいま》って、渋谷の街に立つと一層幼く見える。

私は戸田さんのことが苦手だ。なぜなら学生時代、私をからかっていた女の子たちと目つきが似ているからである。

戸田さんは時折、私のことをチラチラ見ながら、後藤さんに耳打ちをしている。内容は陰口に違いないだろうが、どういった内容なのかは想像しようもなかった。私はダサいし、鈍臭いし、人に嫌われて然《しか》るべき人間なので、何かしら言われても仕方ないとは思っている。だが、そんな姿を目にするたびに、密かに胸を痛めてきたのだった。

たぶん戸田さんは、私を嫌っている。あくまで、たぶん。だけど『絶対』寄りの『たぶん』だ。戸田さんの顔を見た途端、胃が痛くなってきた。このまま走り出して帰ってしまおうか。

「ハナちゃん、お疲れ」

「しーちゃん、お疲れ」

ハナちゃんと、しーちゃん。二人はすでに愛称で呼び合うほど関係が深まっているのか。まだ入社して一ヶ月も経っていないのに、いつの間にそんなに仲良くなっていたなんて。あぁ。「後藤さんと仲良くなれた」などと自惚れていた二分前の自分を殴りたくなる。

「勝手に石田さん誘っちゃってごめんね？　でも、いいでしょ？」

「もちろん、もちろん。一緒に行こっ」

戸田さんは私の姿を認めると、瞬きせずにそう言った。口角は上がっているのだが、くるんとカールしたまつ毛がくっついた目は、何かを訴えるかのように見開かれたままだ。おそらく「後藤さんと二人で飲みに行きたかった」と暗に示すためであろう。

「お店、入ればどこでもいいよね。よし！　じゃあ片っ端からいってみよう！」

「しーちゃん、たのもしい！」

歩き出した後藤さんを追って、戸田さんはその横にぴったり寄り添う。私は、慌てて二人の後ろに続いた。昔からこうだった。私は学生時代から誰かしらの後頭部を見ながら歩くことが多かったのだ。奇数で歩く時は必ず『後ろで歩く人』は私なのである。

「――でさ――不倫なんだって」

「私は――の時、ダメって――けどね」

　前を歩く二人の間から、途切れ途切れに社内のゴシップらしきものが聞こえてくる。だが、私はその話を知らないので話に入ることができない。たとえ、話に入ろうとしても、私の小さな声など、渋谷の喧騒がキレイにかき消してしまうであろう。

　暇を持て余した私は、横を走っているホストクラブの宣伝トラックを見やった。「年間売上一億円」「歌舞伎町ナンバーワン・イケメン」「『俺』と書いて『スター』と読む」、ぼーっとトラックを眺めていると、前の二人が、薄茶色のビルの前で足を止めた。


「何名様ですか？」

　ガラス戸を半分開いて、金髪の男性店員が店内から顔だけ覗かせた。居酒屋に来ることはめったにないので、ここがどういうコンセプトの居酒屋なのか見当もつかない。ガラス戸には『ときめき酒場』という店名が八十年代のアニメっぽいフォントで書かれている。変わった店名だ。いかがわしい店だったらどうしよう。私はもしもの時に備えて、こっそりアキレス腱を伸ばすストレッチを行なった。

「えっとぉ。三人です」

店員に話しかける戸田さんの声は、会社で聞くのよりも数トーン高い気がする。

「かしこまりました。ご案内します」

「やったー。金曜なのに予約なしで入れたぁ！　ネオ系の居酒屋って人気あるから心配だったの」

店内に足を踏み入れると、居酒屋特有の油っぽいニオイが鼻を突いた。パンプスを床から離すたびにクチャクチャと粘着質な音がする。良かった。どうやらいかがわしい店ではなさそうだ。クリームソーダ型、さくらんぼ型、英語のロゴ。壁には色とりどりのネオンサインが飾られている。それらは大衆酒場風の店内に不思議な酒落っ気を与えていた。その違和感はまるで夢の中で見る景色のようであった。なるほど。これが巷で話題の『ネオ居酒屋』なのか。私は未知の世界に足を踏み入れたことに少々の興奮を感じた。

「こちらの席、どうぞ」

男性店員は右手で背中を掻きながらそう告げた。通されたのは壁際の席。簡素な白いテーブルには丸椅子が四つ添えられている。

一体どこに座ればいいのだろう。二人とも私の隣に座りたくないということは明白だ。それならば、さっさと席について隣の椅子に荷物を置いてしまうのがいいだろうか。いや、真っ先に座ったら生意気に見えるかもしれないし……。

後藤さんは立ち尽くす私の肩をポンっと叩いてから、いの一番に店内側の椅子のひとつに腰をかけた。そして自らの右隣の椅子に大きな黒いトートバッグを置きながら「石田さんとハナちゃんは奥。私は手前ね。声デカいからオーダー係やるよ！」と、仕事中みたいにテキパキした口調で言った。戸田さんは「いや、メニュー、タッチパネルじゃん」と笑いながら、後藤さんの真正面の席に座った。それに倣《なら》って、私も戸田さんの隣の丸椅子に腰を下ろす。緊張しすぎて尻の感覚が鈍くなってしまったのだろうか。丸椅子の感触がまったくしない。まるで雲の上にでも座っているみたいだ。

「ははっ。なんか不思議だな。ハナちゃんと石田さんが並んでるの」

後藤さんが笑うのに合わせて私も笑おうと思ったのだが、顔の筋肉が不気味に引き攣《つ》るばかりで、なかなか口角をあげることができなかった。おそるおそる横を向くと、やはり戸田さんは、目を見開いたまま器用に口角だけを上げていた。

「一杯目どうする？　ハナちゃんは何飲むの？」

「んーと、いちごサワー」

「石田さんは？」

後藤さんに突然尋ねられて、先ほどクレープ屋で感じた冷たい汗が再度うなじを伝うのを感じた。何が飲みたいのか。何を飲むべきなのか。また分からなくなってしまった。

だが、ここで「なんでもいい」と言ったら二人を困らせてしまうだろう。

「――戸田さんと同じので」

「いちごサワーふたつね！　じゃあ私もそれにしようかな。まとめて注文しちゃうよ！」

先ほどいちごのクレープを食べたばかりなのに、またいちごを摂取することになってしまった。でも仕方がない。それもこれも私がグズなのが原因なのだから。

後藤さんは慣れた手つきでタッチパネルを操作して、軽々と注文を済ませた。


「おまたせしました。お通しの枝豆と、いちごサワー三つです」

金髪の男性店員は枝豆を盛ったお皿と、重そうなジョッキを三つテーブルに置いていった。これがいちごサワーか。透明な液体の中には、氷の代わりに冷凍のいちごが三、四個入れられていて、底には真っ赤なシロップが溜まっていた。

「ではではこれより、念願の同期会を開催しまーす。かんぱーい」

後藤さんの音頭に合わせて三つのジョッキを思い切りぶつけ合う。ガツンと鈍い音が響いた。まるで毒薬が入った瓶でも持っているみたいな気分だった。一息に飲んでしまいたいが、なかなか勇気が出ない。私はしばらく、分厚いガラスの表面をすべり落ちる水滴をじっと見つめ続けた。

実は私は、人生で一度もお酒を飲んだことがないのだ。理由は単純明快で、これまでお酒があるような場に行く機会がなかったからである。ちなみに、先週開かれた会社の歓迎会ではジャスミン茶だけを延々と飲み続けていた。果たしてこんな私が何の準備もなしに、いきなりお酒を飲むことなんてできるのだろうか。

私は長く息を吐いてからジョッキの取手を強く握って口元へ近づけた。そして、唇をフチにくっつけて思い切り手前に傾ける。喉仏を動かすと、痛いほど冷たい液体が喉から胃へとすべり落ちていった。

「え、知世ちゃん。ひと口で飲む量、多くない？　すごいね！」

後藤さんは目を丸くしてこちらを見ている。さりげなく口にした「知世ちゃん」という言葉に胸が躍ったが、それを悟られないよう、ジョッキに口をつけてもうひと口酒を飲んでみせた。酒を飲んだことがないと知られたら、きっとまた後藤さんに気を遣わせてしまうだろう。だからどうにか、酒を楽しんでいるように見せたかった。

「これ、おいしいね」

偽物みたいないちごの香りと、ツンとしたアルコールの香りが混ざり合った液体は、お世辞にも「おいしい」とは思えなかった。だが、この中に入っている液体が、私に与えられたノルマのような気がして、何度も口に運んでしまう。はやく飲み干して、このプレッシャーから解放されたい。

「知世ちゃん、お酒もう空だけど、なんか飲む？」

後藤さんはタッチパネルを操作しながら、私に問いかけた。

「じゃあ、あれ！」

私は隣の席に提供されている途中の酒を指差した。一気に体を動かしたせいか、視界が一瞬ぐわんと揺れた。

「えーっと、レモンサワーね？」

「ふぁい」

しっかり「はい」と言ったつもりだったのに、舌がもつれて間抜けな声を発してしまった。

「顔が赤いよ！　大丈夫？　知世ちゃん」

「えぇっ！！」

私は、つい興奮気味に叫んでしまった。青天の霹靂《へきれき》だ。

嫌われているはずの戸田さんから『知世ちゃん』と呼ばれるなんて、いったい何が起こっているというのだろう。冷たい酒を飲んでいるのに、湧き上がる喜びからか体は徐々に熱を帯びていった。

「ちょっと声大きいよ。酔っ払ってるんじゃないの？　ていうか、しーちゃんだって知世ちゃんって呼び始めたのに、なんで私の時だけそういう反応すんの」

「だって戸田さんって私のこと……」

「なに？」

「嫌い――でしょ？」

私は俯《うつひ》きながらそう呟いた。だが言った直後に、あまりにもその言葉が率直であると気がつき、慌てて訂正した。

「ごめん！　なんでもない！　なんでもないんです！　今のは忘れてください！」

酒の力で気が大きくなっているのを自覚して、顔から火が出そうになる。普段ならこんな大胆な物言いできないくせに、なんてことを言ってしまったのだろう。ああ、みっともない。恥ずかしい。私はジョッキの中に残った冷凍のいちごをマドラーでつつくフリをして、戸田さんを視界に入れないように努めた。

「んふふっ」

後藤さんが下を向きながら肩を振るわせている。私の変貌ぶりに呆れて笑っているのだろうか。

「ぷっ。ちょっと喫煙ルーム行ってくる。ちゃんと話しなよ。ハナちゃん」

「え！　しーちゃん！」

後藤さんは赤い口紅がべったりついたジョッキを、自分の身代わりみたいに机に置いて喫煙ルームへと向かって行った。その大きな背中を見送りながら、私は頭を激しく回転させる。

どうして私と戸田さんを二人にさせたのだろうか。「ちゃんと話しなよ」と言っていたが、いったい何のことなのだろう。私に覚えがないだけで、やはり戸田さんに嫌な思いをさせてしまったことがあるのだろうか。そうだとしたら、とにかくはやく謝らなければならない。

「ごめんなさい。戸田さん！　本当にごめんなさい！」

「はい。レモンサワーと、メガハイボール。あと、軟骨の唐揚げと、ポテトサラダですねー」

例の金髪の店員が酒を提供し終わるのを待ってから、戸田さんが口を開く。

「なんで謝ってるの?」

「私、戸田さんに何か嫌な思いをさせてしまったんだよね? それで、戸田さんは怒ってる……。でも、それが何か分からないの。もし良かったら教えて欲しい、って、思って……」

みっともなく声が震えた。だが、私がずっと伝えたいと願っていたことをやっと伝えることができて、どこか晴れやかな気分だった。私は、提供されたばかりのレモンサワーと共に、不安とか恐怖といった感情をゴクゴクと飲み干した。もっと酔ってしまいたい。お酒に酔っていれば、このあと戸田さんの口から、どんな言葉が出てきたとしても耐えることができるだろうから。

戸田さんは黙ったまま、さっき私がしたように、空のジョッキをマドラーでいたずらにかき回し始めた。かたく凍ったいちご同士がぶつかりあって鈍い音を鳴らす。

「──知世ちゃんさぁ、『異世界モモンガ』好きだよね」

「えぇっ?!」

口に含んだレモンサワーを吹き出しそうになって、慌てて手で抑える。まさか戸田さんの口からそんな単語が出てくるなんて思わなかった。『異世界モモンガ』とは、ライトノベル、及び、それを原作としたテレビアニメのことである。私は思考が追いつかない頭を、右の手の平で叩きながら、戸田さんに問いかける。

「好きだけど……。戸田さん、イセモモ知ってるの？」

「知ってるというか、その——大好きなんだよっ！」

「えーっ！」

戸田さんはリボンがたくさんついたピンク色のトートバッグの中から、おずおずと何かを取り出した。なんとそれは、手のひらサイズのぬいぐるみだった。

「うわぁ！　ソルディック博士の『ぬい』だ！　本当にイセモモ好きなんだね」

「だから、そうだって言ってるでしょ！」

ばつが悪そうに、戸田さんは丁寧に巻かれた髪の毛の先っぽを指先に巻き付ける。

「戸田さん、もしかしていつも『ぬい』持って歩いてるの？」

「んー。まぁね。私、ぬい撮りに命懸けてるから。SNSにそれ用のアカウントも持ってるくらいで」

「えぇ！　そうだったんだ！　でも、なんで私がイセモモ好きって分かったの？」

「だって、知世ちゃん、スマホのケースに『イセモモ』のステッカー入れてるでしょ？」

私はハッとして、スカートのポケットの中からスマホを取り出した。

「それに気づいた時からずっと話しかけたいって思ったんだけど、私、会社でオタバレしたくないからさ。なかなか声かけられなくて」

「なんでオタクだってバレたくないの？」

「なんでって！　私やっと垢抜けられたんだもん！　高校まではオタク丸出しで陰キャ街道突っ走ってたけど、急にそんな自分が嫌になって頑張って大学デビューしたんだよ。だから、いまさら陰キャ扱いされるのは嫌なの。会社では絶対にその片鱗を見せたくないの！」

戸田さんは一気に捲《まく》し立てたあと、もういちごしか入っていないグラスに口をつけて、何かを飲み込むふりをしていた。私はすかさずタッチパネルを掴む。

「あの、なんか頼も――」

「しかも知世ちゃん、『話しかけるなオーラ』出してたでしょ？　私、超絶人見知りだからこわくて話しかけられなかったんだよ！　しーちゃんに『代わりに話しかけて』って頼んでたくらいなんだから」

タッチパネルをそーっと元の位置に戻しながら、戸田さんの言ったことの意味を考える。

一瞬、悪質なドッキリをかけようとしているのではないかという考えがよぎったが、桜色の爪がついた細い指がカタカタ震えているのが見えて、その疑念は消え去った。

「ごめんね。ずっと態度悪くて。私って素直じゃないの。今日、知世ちゃんと飲めることになってうれしかったのに、それがバレるの恥ずかしくて、うれしくないフリしちゃってさ。自分でも、なんでこんなことしちゃうのか分からないんだ」

私は戸田さんの不自然な笑顔を頭に浮かべた。そう思った途端、ずっと恐怖心を感じていたあの歪《いびつ》な笑顔のことが、とても愛おしく、かわいらしいもののように思えた。

「いや……その、気持ち分かるよ。私もさっき後藤さんに『知世ちゃん』って呼ばれた時、うれし過ぎて顔がニヤけかけたけど、お酒飲んで誤魔化したもん」

「そうだったんだ」

「あ！　戸田さんに名前を呼んでもらったのも、同じくらいうれしかったけどね」

「ふんっ！　いいよ。気ぃ遣わなくて。どっちと友達になりたいかって言ったら、普通しーちゃんだもんねぇ？」

スネたようにそっぽを向きながら、戸田さんは子供みたいな笑顔を浮かべた。これはきっと、本物の笑顔だ。

「ううん。こうやって戸田さんと話せていることは、夢のようにうれしい。後藤さんに対しても、もちろん感謝しているけど」

「ふふっ。しーちゃんって本当に人たらしだよね。知世ちゃんと一気に打ち解けちゃってさ。知世ちゃん、いつも無表情で何考えてるか分からなかったのに、私が合流した時点では既に楽しそうにしてたもんねぇ」

私は飲みかけたレモンサワーを「ぶはっ」と吹き出した。

「いや、全然！　楽しむ余裕とかなくて。『まんだらけ』行こうとして、クレープ見られて、後藤さん口紅塗ってて、あれ」

「えっと……、何言ってんの？　もしかしてかなり酔ってる？　お冷頼もうか」

私はお冷を頼もうとしていた戸田さんを制して、タッチパネルを掴み取った。そしてそのまま、生搾りグレープフルーツサワーをひとつ注文した。なんだか動作のひとつひとつも、いつもより大きくなっている気がする。これもお酒の力なのだろうか。

「ただいま！　あれー？　二人とも、やっと仲良くなれたみたいだねぇ」

ほろ甘いタバコの匂いを纏《まと》わせて、後藤さんが席に舞い戻ってきた。

「ちょうど良かった。今、しーちゃんのこと褒めてたんだよ！　コミュ力やばいよねって」

「がっはっは。やーめーてーよー！　そういうの照れちゃうからぁ！」

長い髪を右手でかきあげながら、後藤さんは鼻に皺を寄せて笑った。

「いや、しーちゃんはすごいよ。私が会社の先輩と雑談できるようになったの、しーちゃんがいい感じでアシストしてくれたからだもん。まじで陰キャの救世主！」

「その響きいいね！　たしかに後藤さんは陰キャの救世主だよ！」

「えー。やだよ。そんな肩書き。私はなんつーか、たぶん、人間が好きなだけだから」

「だとしたら人間で良かった！　今日、誘ってくれて本当にありがとうございます！」

思いのほか大きな声が出てしまったようで、隣の席のカップルが、私を見ながら脇腹を突き合う。普段だったらそういった反応をいちいち気にしてしまうだろうが、今は平気だった。まるで心臓にビニールの膜が張っているみたいに感覚が鈍っているのだ。

私はふと、ある人物のことを思い出した。

「あ！　そう言えば大学の頃に、後藤さんみたいな人に助けてもらったことがあったんだよ！　えっと――」

スマホを掴んだ手が緩んで、テーブルの上に落としてしまった。酒を飲むと、思うように体を動かせなくなってしまうのか。自分の体なのに、まるでＵＦＯキャッチャーを操作しているみたいだ。

「ちょっと大丈夫？」

後藤さんはお水がたっぷり入ったコップを私に押し付けた。

「だいじょーぶ。あ。あった！　この子が大学時代の救世主」

私はスマホのフォルダに大切にしまっていたプリクラ画像を二人に見せた。

「えー、かわいい！」

「ほんとだ！　めっちゃかわいいね！」

二人の反応は私が期待していた通りのものだった。彼女の存在をずっと誰かにを自慢したいと思っていた。それがこんなに自然な流れでできるなんて、うれしい。

こんなにステキな友達がいるという事実は、いろんなタイミングで私を支えてきた。誰かに蔑《ないがし》ろにされた時、賑やかな街を一人で歩く時、「この子と友達だ」ということを思い出すと胸の中が優しい光でいっぱいになるのだった。

「私、人と喋るのが苦手なのに、インカレサークルの新入生歓迎会に行ったことがあるの」

「えぇ！　意外だね」

　枝豆に吸い付きながら、戸田さんが大きく目を開く。

「お察しの通り全然発言できなくて、ぼーっとしてたら別の席から、すごくかわいい女の子が話しかけにきてくれたんだ。理由を聞いたら、弟を見ているみたいで放っておけなかったって」

「弟かぁ。ま、たしかに放っておけない感じはあるよね」

　後藤さんはいつの間にか頼んでいたフライドポテトにたっぷりケチャップをつけて、口へ放り込んだ。

「私、最初、イジワルなことを言いに来たんだと思って警戒していたんだけど、そんなこと一度も言わなくて。緊張してたからいつも以上に辿々《たどたど》しく喋っていたのにずーっとニコニコしながら聞いてくれたの」

「へー。話聞いてる限り、私とはタイプ違いそうじゃん」

　後藤さんは人差し指で頭をポリポリ掻きながら、プリクラを食い入るように見つめる。

「ううん。似てるの。優しくて明るくて、何より、こんな陰気なもぐら女に話しかけてくれたという共通点があるでしょ！」

「いや、今、陰気な感じゼロだよ！　めっちゃ声デカいし！」

　ポテトを、二、三本まとめて口に放りながら、戸田さんが笑う。

「えぇ！　声大きくなってる？」

「あっはっは。なってる！　なってる！　てか、酒飲むと、そんなに口数多くなるんだね。なんかうれしいわ。ねぇ、毎日ちょっと酒飲んでから出社すれば？」

右手にメガハイボールを持ちながらほくそ笑む後藤さんは、なんだか海賊のようだった。

「そうできるならしたいけど」

私はジョッキに残った氷をボリボリ噛みながら、小さく笑った。すごい。私、今、会社の同期と普通に喋れている。こういうやりとりにずっと憧れてたからすごくうれしい。

その瞬間、私の体に稲妻が走った。ずっと知りたかった問題の答えを宇宙から受信したような感じだ。

「なるほど！　そのまま言えばいいだけだったんだ！　だって本当はいつも思いついていたんだもん！　そっかー。言わずにいる気持ちは、存在してないのと同じだもんね！」

脳みそと舌が一本のケーブルで繋がっているみたいに、口からどんどん言葉が溢れ出す。しかし、宇宙からのメッセージを受信したのは私だけだったようで、後藤さんと戸田さんは、互いの目を合わせたまま黙り込んでしまった。

「えーっと。何言ってるか一個も分からないんだけど……。しーちゃん、分かる？」

「んー……何ひとつ分からん」

その時、厨房から長身の男性店員がこちらへ向かってきているのが見えた。先ほどの店員とは違う人だ。黒い髪の毛は丸みを帯びた形でカットされていて、前髪は目が隠れるほど長い。なんだか乙女ゲームのキャラみたいな風貌だ。

「大変お待たせしました。生搾りグレープフルーツサワーです」

「え？　これ頼んだのってもしかして知世ちゃん？　もう飲むのやめといたら？」

「えー？　いいじゃん。酔ってる知世ちゃん面白いし！　おにーさん？　この子ね、真面目そうに見えて実は酒乱なんですよ」

　戸田さんは例の甲高い声を出しながら、店員を見上げる。

「違います！　そうじゃないんれす」

「へぇ。意外ですね」

　長い前髪の隙間から覗いた淡褐色の瞳が私を捉える。そして端正な顔立ちの青年は、私と目を合わせたままゆっくり目を細めた。人形のように整った顔なのに、笑うとえくぼがぷっくり浮かび上がって人懐っこい。

「でもまぁ、僕はいいと思いますよ。それってつまり、自分のことを解放できる瞬間があるってことですもんね？　大事じゃないっすか、そういうの」

「あ、えっと」

「こちら絞りましょうか」

「あ、はい」

店員は、大きなグレープフルーツを片手で簡単に掴み上げると、強く絞り器に押し当てた。白い手の甲に美しい青い筋が浮かびあがる。

「お待たせしました。ごゆっくり」

「はっ。はぁ。はい!」

こんなに上手く喋れないのはきっと、酒に酔いすぎてしまったからだ。はやくお冷を飲もう。私は後藤さんにもらったお冷を、ガブガブ音を立てて一気に飲み干した。

「おーい。知世さん、目がハートになってますよ」

何やらおもしろげに笑みを浮かべる後藤さんの頬が、真っ赤に染まっている。表情には出ていないが、実は後藤さんも結構酔っているのかもしれない。

「何が? え? はい?」

私は、絞り器からまだちょっとだけ温もりのあるグレープフルーツを手に取って、果汁をジョッキへ注ぐ。そしてそれを一気に体へ流し込んだ。冷たいものを一気に飲んだからであろうか、なんだか胸と頭がビリビリ痺れた。

「あの店員、西山さんって言うんだって。私さっきから、カッコイイなって思って見てたんだよぉ」

まぶたが重い。目をつぶったら、すぐにでも夢の世界に旅立ってしまいそうだ。戸田さんがふざけた調子で何やら喋っているが、もうそれを理解することができない。

「ねぇ！　今度、服買いに行こうよ。化粧も教えてあげる。あ、髪型も変えた方がいいか」

「しーちゃん、さすが！　髪はさぁ、いっそショートにするのがいいんじゃない？」

「いや、一旦ボブにして様子見よう？」

　ああでもない、こうでもない、という二人の弾んだ声を聞きながら、甘い睡魔に取り憑かれていく。とろけそうな意識の中、私は「この会社に入って良かった」と思った。

　まだ舌の上に残ったグレープフルーツの味を楽しみながら、そっとまぶたを閉じた。

4章

芋焼酎（ストレート）

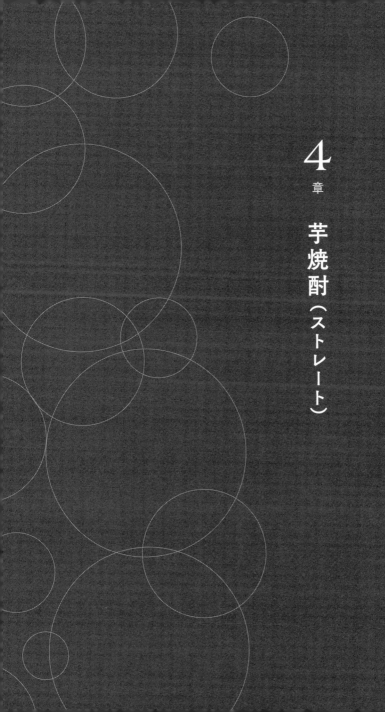

「早坂一輝《かずき》、いきまーすっ！」

心地良い川のせせらぎに似つかわしくない強烈な紫外線を浴びながら、俺はキンッと冷えた発泡酒の缶に口をつけた。左手を腰にあて、喉を開け、思いっ切り缶の角度を上げ……いてっ。思わず口から缶を離す。口内に流れるはずだった金色の液体が、行き場を失いこぼれ落ちた。

……何だ？　さっきから時々、みぞおちの辺りがチクッと痛む。

「おいザコチビ！　なんでイッキする空気だけ出したんだよ！　ほんと令和すぎるって！」

先輩たちが爆笑している。危ねぇ危ねぇ、怪我の功名。俺は「すみませーん！　あとで腕立て二万回しまーす！」とヘラヘラ返しながら、引退して数ヶ月たった野球部さながらのベリーショート頭を掻いた。

「早坂くん、あんまり無理しちゃだめだよ？　そんなに〝新人〟し過ぎると疲れちゃうよー？」

まるで背中からハグされたかのような優しい声に振り返ると、松井さんがトングで軽やかにピーマンをひっくり返しながら微笑んでいた。会社での清楚な雰囲気も良いが、少し幼く見えるTシャツ姿も最高に眩しい。俺はただでさえ細い目をギュッと閉じ、満面の笑顔で答えた。

「全然大丈夫です！　っていうかすみません松井さん！　先輩に肉焼かせるとかやば過ぎますよね！　俺やります！」

「いいのいいの。私だって普通に若手なんだからさ。早坂くん、休んでていいよ？　準備からずっと頑張ってくれてるし」

「いやいや！　そんなの当たり前です！　松井さんこそ食べてててください。それに俺、千葉県で一番肉焼くの上手いって言われてたんで任せてください」

右手に持っていた缶をクーラーボックスの上に置き、半ば強引に松井さんからトングを奪い取ると、Ｔシャツの袖を肩まで捲った。よし、やるぞ。荒く切られたニンジンをひっくり返しながら、俺は夏に想いを巡らせる。久しぶりだなぁバーベキューなんて。去年の今頃は、就活真っ盛りだったからな。――しかし良かった、なんとか就職できて。まぁ人材派遣はそこまで興味ある業界じゃなかったし、仕事はだいぶ忙しいけど、何事も経験だもんな。

「みなさーん！　肉焼けてまーす！　ピーマンさんとシイタケさんももういけます！」

川辺でストロング缶片手に談笑する先輩たちまで届くよう、声を張り上げた。日焼けのせいか、９％のアルコールの影響か、顔を真っ赤にした竹田課長がこちらに叫び返す。

「お前、声でけぇよ！　お魚さんたちビックリしちゃうだろ！」

先輩たち、爆笑。楽しそうで何よりだ。良かった良かっ………つーっ。まただ、みぞおち。ここ、何の部分だ？　胃？　そういえば、最近ちょっと飲み過ぎてるかもなぁ、寝る前の酒。

「っていうか、早坂飲んでんの？　おい園田ー！　食ってねぇで焼くの代わってやれよ！　お前どうせ飲めねぇんだから」

課長の右腕こと菊池さんが、冗談かどうか分からない半笑いの怒鳴り声をパラソルのふもとに向かって飛ばす。サイドが刈り上げられた潔い短髪と、細い割に筋肉質の肉体が菊池さんの怒号に迫力を持たせている。日陰で、簡易的なテーブルを囲んで食事をしていた数人のうち一人が、ダルそうにのそっと立ち上がり、ゆっくり俺のところに近づいてきた。一年先輩の園田さんだ。

「あっ、俺大丈夫です！　園田さん食っててください」

「いや、またなんか言われたらうざいから代わって」

「え？　あ、そうですか」

うざいって……。眼鏡の奥に見える瞳が、劣化したプラスチックみたいに輝き無く据わっていた。色白、というより血色が悪く、不健康に細い園田さんは、どこか不気味で近寄り難い。一番近い先輩なのに、正直何を考えているのかまるで分からない。まぁ、仕方ないか。俺は勢いよく頭を下げ、トングを園田さんに手渡した。

「早坂ー！　お前も酒持ってこっち来い！」

菊池さんが、まるで象でもおびき寄せるかのようにオーバーな手招きで呼んでいる。どうやら、相当酔っ払っているようだ。俺は先ほどよりぬるくなった飲みかけのロング缶を拾い上げ、小さく深呼吸をしたあと、返事をする。

「行きまーす！　ちょうど三日間寝てないウサイン・ボルトくらいのスピードで行きます！」

先輩たちが笑っている。またみぞおちが痛くなったような気がしたが、無視をした。無視をするために、走る。先輩たちが笑っている。だったら、大丈夫。

「お前さぁ、さっきの何なのよ？　飲む感じだけ出して、飲まないやつ。そういうボケ？」

いつの間にかTシャツを脱ぎ、上半身裸になっていた課長が陽気に笑う。来年四十歳を迎えるとは思えないくらい引き締まった肉体が、黒々と輝いている。

「すみません！　一気に飲むと見せかけて、すぐやめたらウケるかなって思っちゃいました！　改めて、いかせていただきます！」

今度こそ飲み干す決意で、右手に持つ缶を口元に運ぼうとした瞬間、手首をガッと強く掴まれた。

「いいよバカ、飲まなくて。周りのやつらにパワハラしてるように見られたらめんどいから。ですよね、課長？」

吉見さんが、ゴツゴツした大きな手で俺の手首を掴んだまま、力強い視線を課長に向けた。七年目にも関わらず、菊池さんとほぼ同等かそれ以上の給料を貰っていると噂される、我が法人営業課の大黒柱。課長は、整えられたテカテカの髪を撫でながらうなだれた。

「いやー、それはそう。まぁ、こんなのでパワハラとか言われるのは本当にやばいけどな。俺が一社目にいたところ、飲めませんとか言ったらぶっ飛ばされてたもんね。なんていうかガチでかわいそうだとも思うけど、守られてて羨ましくもあるわ、Z世代とか」

課長が哀れむような、見下すような目で俺を見る。

「いや、本当そうっすよね。俺らもゆとりとか言われてましたけど、若手の頃は瓶イッキとか全然やってましたからね」

菊池さんが課長に相槌を打つ。あれ、このままだとちょっと、空気が重くなりそうかも。

「あっ、でも俺はまじで大丈夫です！　さっき、酒が入っちゃいけない部分に入っちゃっただけなんで」

……痛っ。やっぱり痛ぇな。先輩たちに気づかれぬよう、みぞおちを軽く摩《さす》る。菊池さんが意地悪そうに笑いながら、俺を見ずに言った。

「そういうことじゃねぇんだよ。本当アホだよなお前は。世間がパワハラって言ったらそれはパワハラなわけ。お前が大丈夫かどうかは関係ないの。分かる？」

「……確かにそうっすね。世間には勝てないっす！　すみません！　普通のペースで飲みます！」

従順なペットのような態度で答える一方、俺はやけにその言葉が心に引っ掛かった。俺が大丈夫かどうかは関係ない？

「まぁでも、早坂はバカでアホだけどさ、まだマシよ。あいつとかひどいもん」

ぼうっとトングを持ってコンロの前に立つその人を、課長が顎で指す。園田さんは、決して焼き加減を調整することが目的ではなく、あくまで手持ち無沙汰だからという様子で肉を掴んだり放したりしていた。

「もろ現代っ子でしょ、あいつ。飲みもしなければ、言われないと自分から動かないし。こういう遊びの場だけだったら百歩譲っていいよ？　百歩譲って。仕事でも出ちゃってるんだから、それが。お前、ああいう風にはなるなよ？」

本気かどうか分かりづらい課長のトーンに、リアクションを迷った。確かに、園田さんは必要以上のことはやらない人だ。周りに興味が無いというか、常に自分のことに集中している。とは言え、後輩から見て決して仕事ができないというわけではなく、やるべきことはきちんとやっているように思える。菊池さんが課長に同調するように続ける。

「確かに、あれはひどいっすよね。しかもあいつ童貞ですもん、たぶん。前に、うちの課の女子三人で誰が一番かわいいと思うか聞いたんですよ。そうしたら、興味ないですとかスカされて。いや別にこっちだって興味ねぇよ、お前が誰のこと好きかなんて。コミュニケーションで聞いてやってんだよ。お前のためだっつうの」

お前のため？　どこが、どう？　俺は内臓の違和感だけではなく、思考にまで暗い霧のようなものが侵入してくるのを感じていた。

「まぁまぁ。あんま新人の前で愚痴みたいなのやめましょうよ。菊池さんちょっと飲み過ぎですよ」

吉見さんが、菊池さんの持つ缶に蓋をするように手を覆った。その瞬間、菊池さんは手をグッと引き、天敵を威嚇《いかく》するような目つきで吉見さんを睨んだ。

「いや、って言うか……そもそもさ。お前がちゃんとやれよ。もうちょい、ちゃんとあいつに言えよ。あいつのＯＪＴ、お前だったよな？　お前の指導がぬるいからあいつが調子乗ってんだろ」

「いやいや、ちょっと勘弁してくださいよ。関係ないでしょ俺は。そういうこと言い出すならさっきの話ですけど、誰がかわいいとか聞くのやめた方がいいですよ？　童貞とか言うのも。セクハラも男とか女とか関係ないですからね。まじで時代に合ってないですよそういうの」

「は？　それ言ったら、上司に偉そうなこと言うお前の方が時代とか関係なく間違ってんだろ」

やばいやばいやばい、喧嘩になる。俺は仲裁を求めるべく課長に視線を送った。

「おう、熱いね！　いいじゃんいいじゃん、風通しの良い職場！　言いたいことは言った方がいいよ。まぁ、手は出すなよ。時代的に」

え、何言ってんのこの人？　課長はニヤニヤしながら、美味そうに少しずつストロングチューハイを口に運んでいる。何これ？　どういう状況？　俺が、俺がどうにかしなきゃ。

「自分っ！　松井さん派ですっ！　他の方々も素晴らしいですけど、俺は松井さん推しでいかせていただきます！　はい！」

一瞬この河原が、自分以外に誰もいなくなったかのような静寂に包まれた。

「……ハッハハッ！　どうしたんだよお前いきなり！　お前に聞いてねぇよ！　頭おかしいって！」

課長が膨らんだ静寂に針を刺すかのように笑った。菊池さんと吉見さんも「なんだよお前」とか言いながら苦笑いしている。パラソルの方を見ると、松井さんが動揺したようにこちらを見ていた。

「松井さんすみませーん！　こっちの話でー……つっ」

いってぇ。不意打ちでアッパーを喰らったような痛みに、俺は反射的に前屈みになった。

「おい。どうした？」

上から吉見さんの声がする。放っておくと苦痛で歪んでしまいそうな表情筋を全力で強張らせ、答える。

「すみません、たぶん急に大声出したんで腹筋つりました」

「……ふふっ。はぁ？　なんなんだよお前本当！　まじでバカ過ぎんだろ」

菊池さんが、酔っ払っていることを思い出したように笑いながら言った。……バカ過ぎる？　あんたたちは？　新人の前で酔って喧嘩するのはバカじゃないの？　やばい。笑えないかも。普段だったら条件反射で発せられる「バカです！　すみません！」が出てこない。その不自然にできた間を埋めるように吉見さんが口を開いた。

「菊池さん、失礼なこと言ってすみませんでした。一瞬カッとなってしまいました。課長も、こんな場ですみません」

俺は？　俺には謝らないの？

「いや、まぁ俺が仕掛けたみたいなところもあるしな。っていうか、一番悪いの園田だもんな、どう考えても」

なんでだよ。悪いのはあんただろ、どう考えても。

「まぁお互い様ってことでな。それに、大人が陰口っていうのも良くないからな。こういう、仕事以外の場の方がお互い言いたいこと言えるだろ。おーい園田！ ちょっとこっち来い！」

課長が手をメガホンのようにして口に添え、叫ぶ。……なんでそうなるの？ 絶対ややこしくなるじゃん。何のために？ 誰のために？

園田さんは、離れた位置からでも認識できるくらいあからさまな嫌悪の表情を浮かべ、松井さんにトングを手渡していた。気が進まないことを全身で表すようなゆっくりとした動きに、菊池さんが息巻く。

「てめぇ何ダルそうにしてんだよ！ 上司に呼ばれてんだから走れよ！」

不貞腐れた子どもみたいにイヤイヤ走りながら、園田さんがこちらに向かってくる。

……あんたもそんなに分かりやすい態度取るなよ。そりゃいくら何でも怒られるって。

到着した園田さんが、川のせせらぎにも負けてしまうくらいの小さな声で、誰とも視線を合わせないまま「何ですか」と聞いた。殴りかかるような勢いで菊池さんがグッと園田さんに近づく。

「何ですかじゃねぇよ！ 先輩に話聞く態度じゃねぇだろ。まず声ちいせぇし。お前なんで一年半いてそんな基本的なこともできてねぇんだよ」

「ちょちょ、ほら、落ち着いてください菊池さん。いきなり言われても園田だってアレですから」

吉見さんが制するも、菊池さんは止まらない。

「お前ちょっとは早坂のこと見習えよ。新人の方がちゃんとやってるってどういうことだよ。入って半年経たないやつにもう抜かれてるからお前」

なんで俺と比べるんだよ。それ聞いて、どういう顔すればいいんだよ俺は。園田さんが、一切表情を変えずに言い返す。

「別に抜かれてもいいです。そもそも、今日は一応休みじゃないですか。仕事上のことならともかく、プライベートのことまで言われるのはよく分かんないです」

ちょっと、もっと言い方あるじゃん。なんでそんな神経逆撫でするような言い方するんだよ。吉見さんが園田さんの肩を掴み、諭すように顔を近づける。

「おい園田。お前さすがに口の利き方気をつけろ」

あんたもさっき思いっきり言ってたじゃん。棚に上げんなよ自分のこと。そんな吉見さんを払いのけ、菊池さんがすごい剣幕で園田さんに詰め寄る。

「お前あんまり調子乗んなよ？　休日だろうが会社のメンバーで集まってりゃ仕事みたいなもんなんだよ。若手が率先して動くに決まってんだろ。普通な、こんなことといちいち言われなくても分かるんだよ。Z世代とか言われて甘えてんだろてめぇ」

仕事なのかよ。じゃあ最初から、これは遊びではなく仕事ですって言ってくれよ。っていうか、なんですぐZ世代がどうって話になるの？　世代にこだわってるのはあんたの方だろ。園田さんは、何も答えず俯いている。気持ちのいい晴天とは対照的な気まずい空気の中、黙って上半身のストレッチをしていた課長が口を開いた。

「なぁ園田。自分を持ってるのはいいことだけどな？　自分の意見言えるのはそれなりにやることやってるやつだけだと思うんだよなぁ。自分語りするわけじゃないけど、俺はお前と同じ年次の時、実際ボロッボロになるまで仕事してたもん。先輩たちに数字で何も言わせないくらいにな。もちろんちゃんと後輩として、飲み会盛り上げたりとかもしたし」

自分語りしてんじゃねぇかよ。知らねぇよあんたの昔話なんて。気持ちわりぃ。盛り上げたって思ってんの自分だけだろ。つまんねぇくせに。

「早坂、大丈夫か？　また腹筋つったのか？」

吉見さんの声にハッとする。気がつくと、また前屈みになっていた。痛い。痛いのか？　もうよく分かんない。

「……大丈夫です」

あれ、いつもみたいに返せない。笑顔で、元気に、問題ないって伝えないと。こちらの様子に目もくれることなく、課長が続ける。

「だからな、園田。お前もせめて、どっちかは頑張ろうや。仕事で俺たちが黙っちゃうくらいに結果を出すか、もっとちゃんと後輩らしく動くか。俺たちのためじゃなくて、お前のためにな」

お前のため。嘘つけよ。あんたがむかついてるだけだろ。思った通りに動いてくれない後輩が腹立つだけだろ。クソが。

「……後輩らしくって何ですか」

顔を上げないまま力なくつぶやく園田さんに菊池さんが食ってかかる。

「だからそれを自分で考えろって話をしてんだろさっきから！　理解力無さすぎんだろ。こういう場では普通、一発芸でも何でもやって盛り上げんだよ！　若手んときはみんなそういうことやって苦しんできてんだよ！」

苦しいんだったらやめろよ。バカかよ。自分がやってきたことを後輩がやらないで済むのが悔しいだけだろ。結局自分のことしか考えてねぇじゃん。カス。吉見さん、見てないで止めろよ。園田さん、あんたも黙ってないで何とかしろよ。先輩だろ、だせぇな。あーもう。うぜぇ。うぜぇ。分かったよ。

「……早坂一輝！　……一発ギャグやります！　……哀川翔の声で、ミセスグリーンアップルの……うっっ！」

視界が徐々に暗くなっていく。上の方から大人たちの慌てている声が聞こえる。たぶん、心配なんかしていない。慌てているだけ。あぁ、変な空気にしちゃってごめんなさい。薄れ行く意識の中、俺は雲ひとつ無い清々しい青空に対してなんだか申し訳なく感じていた。

＊

「仕事の効率化を進め、さらなる高みへ！」

……ん？　どこだ、ここは。目の前に掛かる小さなモニターの中で、スーツを着た女性が何やら意気込んでいる。少しずつ開けてきた視界に入る情報をひとつずつ整理する。……ＣＭ？　車？　運転手？　……あ。タクシー？

「あっ、早坂くん起きた？　大丈夫？　ビビったわーいきなり倒れて！」

意識の外から突然現れた声に、心臓が止まりそうになった。驚いた反動でそのまま右を向く。

「……園田さん。あれ？　これは、えーっと、どういう状況で……痛っ」

みぞおちに意識がいく。と同時に、少しずつ先程までの記憶が戻ってくる。そうだ。さっきまで俺は、課の上司たちと河原でバーベキューをしていたはず。

「何、腹痛いの？　大丈夫？　あ、とりあえずさ、幡ヶ谷方面って伝えたけどいいんだよね？　家その辺りって前に言ってたよね？」

矢継ぎ早に質問を投げかけてくる園田さんに妙な違和感を覚える。あれ。この人、こんなに喋る人だったっけ？　ただ、そんな違和感よりもまず解消しなくてはならない疑問があった。

「はい、家はそうですけど……あの、なんで俺たちタクシー乗ってるんでしたっけ？」

「あー、やっぱ覚えてないんだ。ほら、早坂くん会社のクソバーベキュー中に一発芸やりますとか言って、そのままぶっ倒れたの」

……あぁ、そうだ。この人が上司に追い込まれて、何とかしなきゃと思ったんだ。まじかよ、俺そのまま意識失ったのか。

「倒れたあとも早坂くん、大丈夫です大丈夫ですって目瞑ったまま言っててさ。怖かったもんちょっと。でもやっぱり、クソだよなあいつら。救急車はまずいとか言って。会社の問題になることとビビって、俺にタクシーで家まで送らせてるのが今ってわけよ」

ここに至る経緯をひと通り説明され、何とか自分の置かれている状況を把握すると、改めて先ほどから抱いていた園田さんに対する違和感に目を背けることができなくなった。

「いろいろ迷惑かけてしまってすみませんでした。あの、失礼かもしれないんですけど……園田さんって今、酔っ払われてますか?」

「え、何で? 酔っ払ってないよ。俺、酒飲んでないもん。本当は飲めるけどね」

「あ、そうなんですか。いや、なんか……キャラがいつもと違う気が」

眼鏡越しに見える園田さんの目の動きが一瞬ピタッと止まり、跳ねた。園田さんは「あっはっは」とハッキリ声を出しながら笑った。

「いやぁ、確かに! 俺会社では心閉ざしきってるもんね! っていうか謝らないでよ! 迷惑かけたのは俺の方なんだから!」

普段とまるで違う先輩の快活さに、俺は戸惑いを隠せなかった。今まで抜け殻のように見えていたその人に、魂が宿っている。何を返せばいいのか分からず慌てふためいている間に、園田さんが続けた。

「俺が菊池に詰められたから庇ってくれたんだよね？　早坂くんって、頑張ってます感が強いから苦手だったんだけど、まじで今日見ててすごいと思ったわ。うん。本当にありがとね！」

見慣れない笑顔で話す園田さんの後ろには、見覚えのある景色が広がっている。年季の入った寿司屋の隣に、やたらと奥行きのあるファミマ。おそらく、これは現実ではある。俺は思考の整理が追いつかないままとりあえず返事をした。

「いや、なんていうか、後輩としてやるべきことをやったと言いますか……」

「後輩としてかぁ。早坂くんさ、よくあんなやつらに気遣えるよね。あんな時代錯誤ブラックジジイたちに」

時代錯誤ブラックジジイ。すごい言うなこの人。困惑する俺を置いてけぼりにしたまま、園田さんは勢いづく。

「まず一番終わってるのは菊池だよね。あいつは、どこだったかな……生保のけっこうデカい会社にいたらしいんだけど、落ちこぼれて？　出世コース早々に外れて、逃げるように転職してきたんだって。そのくせに、前の会社の体育会マインドだけはそのまま持ち込みやがってさ。うちくらいのベンチャー内ならそれなりに数字あげられるけど、ダサいよね。小さい世界だけで威張ってんの。ジャイアンがいない時のスネ夫みたいな。しかも最近、離婚危機とかで終始キレ気味なのもうざいし」

息継ぎすら忘れて喋り続けてしまいそうな園田さんを落ち着かせる意も込めて、俺はいったん相槌を挟んだ。

「そうだったんですか。なんか勝手に、ずっと前線でバリバリやってきた人なのかと思ってました。でも菊池さん、課長にはけっこう気に入られてますよね？」

新しい獲物を視界に捉えたかの如く、園田さんはニヤッとする。

「まぁうちの課で言えばまさにあれがジャイアンだからね。常に自分を持ち上げて、同調してくれるやつは横に置いておきたいでしょ。あの人も確か、通信系のデカい会社いたのかな？ 部長も同じところにいて、お気に入りだったらしいよ。っていうかさ、刈り上げのテカテカ髪に、ムキムキでタイトなスーツ着て、もろ〝そういう人〟って感じだよね」

俺は一切止まる様子がない園田さんの毒舌漫談を制することを諦め、簡単な相槌だけ打ちながら聞くことにした。単純に、自分が知らなかった上司たちの裏側に少し興味が湧いてきていた。

「俺も二年目だし、他の部署とか課のことはそんなに分かんないけどさ。うちの課のマッチョな感じはあの課長のせいだよね。まじで、何回同じ武勇伝話すんだよな。毎日三〇〇件アポの電話かけてたとか、契約数で全国一位取ったことあるとか、飲み会で誰よりもテキーラ飲んでそのまま寝ずに出社したとかさ。お前がやるのは勝手だけどそのノリ強要すんなよ。でさぁ、

「あの人、何よりキモいのが……あ」

何かを思い出したかのように、園田さんは出かかっていた言葉を引っ込めた。なぜか気まずそうに、眼鏡にかかりそうな前髪をいじっている。

「何ですか？　言ってください」

「うーん。早坂くん、ショック受けるかもしれないからさ」

「いや、いろいろ驚きはありますけど、ショック受けるまではないと思います」

「本当？　まぁ、じゃあいいか。あの人、不倫してんだよ」

「あぁ、そういうことですか。ビックリですけど、もっとやばいことだと思いました」

「松井さんと」

その瞬間、心臓が液体窒素をかけられた果物のように固まった気がした。俺は、自分の耳が正常に作動していなかった可能性を信じ、聞き直した。

「松井さんって、あの松井さんですか？」

「うちの課のね。バーベキューで早坂くん、松井さん派とか叫んでたからさ、一応気遣ったんだけど」

俺は「あぁ」と蚊の鳴くような声を出すのがやっとだった。嘘だろ？　あんな天使みたいな人が。このままタクシーの外へと放たれてしまいそうな俺の魂を連れ戻すように、園田さんは喋り続けた。

「まぁつまりさ、うちの課ってやばいやつばっかりなわけよ。……あ、まぁでもあの人だけは比較的マシだな」

正直、もう無視して黙っていたいような気持ちであったが、染みついた後輩としての本能が、反射的に口を開かせた。

「吉見さんですか？」

「そう！　実はさ、こういう裏の話みたいなのも吉見さんがいろいろ教えてくれたんだよね。あの人も体育会系なダルさはあるけど、ちゃんと後輩想いではあるじゃん」

俺は大きく頷いた。普段から視野の広い人だなと感じていたが、今日のバーベキューでも唯一、俺のことを気に掛けてくれていた。

「でもあの人は……」

「え？　吉見さんも何かあるんですか」

もういい。これ以上、知っても碌《ろく》なことがない。園田さんはそんな俺の気持ちを察したにも関わらず、それを楽しんでいるかのようにフッと笑い、答えた。

「風俗狂い。五反田と鶯谷に入り浸ってるんだってさ。あの人のストレスもハンパないだろうね。仕事できるから課長にはもっと数字求められて、菊池には嫉妬されて。彼女とも別れたばっかりらしくて、捌け口がそれしか無いんだよ」

吉見さんの抱えている爆弾が思ったより小規模であったことに多少は安心したものの、俺の心は負の感情で埋め尽くされていた。おそらく上司の裏側がどうこうと言うよりは、周りを見ることができているようで、本当は何も見えていなかった自分に対する失望感のようなものに襲われていた。何のため？　俺は何のためにがむしゃらにやっているんだろう？　リアクションのない俺を気にしてか、園田さんが口を開く。

「だから早坂くん、要するにさ。そんなに気遣い過ぎなくていいんだよあんなやつらに」

「気……遣ってるんですかね？　俺。確かに、周りを見て動くことは心掛けてるんですけど。自分でもよく分かんなくて」

「エグいくらい遣ってるよ！　あんなクソ会をわざわざ盛り上げてさ。昔からそういうタイプ？　学生の時とか」

本当に、自分でも自分のことをよく理解できていなかった。少なくとも、気を遣おうと意識しているつもりはない。俺はぼんやりと過去のことを思い出しながら喋り始めた。

「どうなんだろう。確かに小学生の頃からずっと盛り上げキャラではありましたね。中学も高校もずっと明るいって言われてましたけど、気を遣ってるとは……あー、でも高校の時……クラスにすごいイジられキャラがいたんですよ。いつもおっとりしてて、からかわれるタイプの。そいつに、一軍男子たちが動画回してモノマネさせたりとかしてたんですよね。すげぇ困った顔してるのに、バズるかもしれないからとか言って。だからそういう時、そいつが何かやったあと、俺が絶対もっと面白いモノマネやって、そいつのモノマネがただのフリ？　みたいになるようにしてたんです。こういうのですかね？　気を遣うって」

　園田さんは、どこぞの知らない高校生たちの昔話に、全く持って興味がないことを示すように「どうだろうね」と短く答えた。反比例するように何故だかスイッチが入ってしまった俺は、さらに勢いをつけて喋り続けた。

「あいつらはイジリのつもりだったと思うんですけど、それってやられる方がイジメだと思ったらイジメじゃないですか。俺、やられる側がどう思うかが大事だと思うんですよ。なんならあいつらは、イジってやってるくらいの感覚なんですよね。クラスに馴染めてうれしいだろ、みたいな。いやいや、やられる方が辛いなら意味ないし。もっとちゃんと相手のこと考えろよって思いませんか？」

　そこまで言って、自分が熱を帯び過ぎていることに気づいた。園田さんは急にベラベラと語り出した俺に明らかに引いた様子で、言った。

「うーん、知らん」

「え？」

「知らないよそんなの。誰かが何かをされてどう思うかって、そんなのケースバイケースだし。分かんないじゃん、その……イジられキャラの子？　が本当はどう思って、何を考えてたかなんて」

「それはそうですけど」

「だから気遣いすぎだって言ってんだよ。どうせ他人のことなんて、こっちから見えてる一部分しか分かんないんだからさ、もっと自分のためでいいじゃん。自分のことしか考えてませーん！　でも良くない？」

軽い口調で発せられたその言葉が、重く深い音で頭の中に響いた。自分のこと。俺、自分のこと考えられてないのか？　返す言葉が見つからず、沈黙が流れる。運転手がミラー越しにこちらをチラチラ見ているような気がした。いたたまれない様子で園田さんが喋り出す。

「ねぇ、早坂くんってなんでうちの会社入ったの？」

「え……なんで？　なんでだろう」

「まぁブラック界では大したことないかもしれないけど、わりとブラックじゃん。残業月七十時間とか基本だし、数字もめっちゃ詰められるし。給料がそこまで低くないだけマシだけどさ、歩合的な要素あるし。何よりもハラスメントおっさんばっかりだしね」

そう言われて、初めて自分のいる会社がブラック企業であることを認識した。いや、本当は薄々勘づいていたのに、気がつかないふりをしていたのかもしれない。俺は正直に話した。

「初めて内定もらったところに決めちゃったんですよね。俺、就活けっこう苦労したんですよ。最終面接の一個前くらいまでは割と進むんですけど、いつもそこで落ちちゃってて」

「あー、そのタイプね。まぁ俺も遠からずだけど。業界は？　人材業界に絞ってたの？」

「いや、特に。やりたいことっていまいち分かんなくて。コミュ力ある方だと思うし、人と人の間に入るのも苦手じゃないし、まぁ向いてはいるかなって感じで」

「確かに。そう聞くと、気遣いまくりの早坂くんにはぴったりかもね」

気心が知れた友人のように冗談っぽく笑いながら言う園田さんに対して、俺は精一杯の苦笑いで返した。俺は、何のために頑張ってるんだろう？　誰のために頑張ってるんだろう？　自分のためにって、どうすればいいの？　思考が、終わりの見えない迷路にノロノロと進んでいきそうになった時、前方から声が聞こえた。

「もうそこ幡ヶ谷の駅ですけど、どうします？」

園田さんが無言でこちらを見る。俺は「ここで大丈夫です」と返し、シートベルトを外した。改めて今日一日のお詫びをしようと横を向くと、園田さんが電子決済のアプリを開き、料金を支払う準備をしていた。

「あ、園田さんはこのまま乗って行ってください」

「いや、一応家まで送るよ。腹けっこう痛いんでしょ？　ずっと摩《さす》ってるじゃん」

＊

鍵を開けドアノブを引いた瞬間、背中から恐怖映像でも見たかのような声が飛んできた。

「うわー！　きったねぇ！」

俺は靴を脱ぐと、床に落ちているスウェットパンツや醤油のボトルを足で払い、とりあえずの足場をつくった。園田さんが、とんでもない高度の吊り橋を歩くかのような怯えた足取りで後ろから付いてくる。

「どこでも、適当に座っちゃってください」

「うん……どこに？」

「もうそこら辺、足で払っちゃって大丈夫なんで。あ、何か飲み物とかいりますか？」

「いや、なんか怖いからいいや。早坂くんももう座っていいよ」

園田さんはおそるおそる腰を下ろし、バスタオルとお菓子の袋を汚物でも処理するかのように指でつまんで移動させ、座った。俺も適当にスペースを作ってその場に座り、園田さんにお礼を言った。

「園田さん、改めて今日はいろいろとご迷惑をお掛けしました。しかも家まで送っていただいて、本当にありがとうございました」

小さく「うん」と頷いたあと、園田さんは、会社で見るときのように一切明るさのない表情で口を開いた。

「早坂くん、まじでもっと自分を大切にした方がいいよ。君たぶん、すでに壊れかけてるから」

「え、なんですかいきなり」

「いや、この部屋の荒れ方は普通じゃないもん。周りにばっかり気遣って、自分のことに気が回らなくなっちゃってるんだよ。せめて食べ物のゴミとかはさぁ……えっ！　ごめんごめん、別に説教とかじゃないから」

園田さんが慌てふためきながら俺を見ている。なんだ？　……あ。俺は頬の辺りに生温かいものが過ぎるのを感じた。涙？　俺、泣いてる。なんで？

「あれ？　すみません、意味分かんないですね。なんでだろう」

「やっぱメンタル相当きてるんだって。あのさ、早坂くんには言うけど俺、転職活動してんだよ」

「えっ、そうなんですか」

「あんな会社でメンタル削られるのもったいないじゃん。俺どうせ頑張るなら、頑張りたいって思えるところがいいもん」

園田さんの言葉が、耳の入り口で力なく浮いている。何だか大切なことを言っている気がするのだが、耳より先に進まない。分かったふりをして頷くのが精一杯だった。

「じゃあ俺、そろそろ帰るね。まじでさ、早坂くんも新人だからとか気にしないで、辞めたくなったら辞めな？　自分が一番だよ、絶対。あと、腹痛かったらちゃんと病院行きなね」

そう言いながら立ち上がり、園田さんはまた吊り橋を渡るように、ゆっくりとドアに向かった。見送ろうと思っているのに、俺はなぜか立ち上がることができない。ドアノブに手を掛けた園田さんが、「あのさ」とこちらを振り返った。

「それって、さすがにそのまま飲んでるわけじゃないよね？」

「え？」

「あぁいや、何でもない。今日はゆっくり休んで。じゃあまた会社で」

ドアが閉まり、足音が遠のいていく。静かになった部屋で、何が理由か分からないため息をついた。その場で顔だけを動かし、園田さんが指差していた場所を確認すると、焼酎の空いたボトルが七、八本転がっていた。

そうか。もう壊れかけてるのか。

俺は元々ほとんど入っていなかった全身の力を完全に抜き去り、ありとあらゆる物が区別なく入り乱れた床に、そのまま倒れ込んだ。

5章 アイリッシュコーヒー

「うわ！　すんげぇ美人！」

「モデルかな？　スタイルやばくない？」

タクシーを降りて目的地へ向かう途中、すれ違いざまにカップルの会話が聞こえた。不愉快だと思った。褒め言葉だから聞かれてもいいとでも思ったのか。いや、むしろ聞かせようとしていた？

私はあの視線が苦手だ。「あ、この人キレイかも」と気づいたあとの、観察するような視線。どんな服を着ているのか、芸能人じゃないか、残念なポイントはないか——そんな風に確認されているのが手に取るように分かって、すごく嫌な気持ちになる。誰かの家を訪ねた時、玄関先で手土産の袋を盗み見されていることに気づいた時みたいな不快感だ。外を歩いているだけなのに、勝手に外見を評価されるなんて本当に嫌になってしまう。私は、くさくさした気持ちで金色のドアノブを右へ捻った。

友人の待つカフェに着いたのは、十四時を過ぎた頃だった。ランチとディナーの間ということもあってか、店内には空席が目立つ。表参道のカフェはどこも混んでいるものだと思っていたから、ちょっとラッキーな気分だ。

「茉莉乃、こっち！」

大柄な男がのっそりと席から立ち上がって「よぉ」と右手を上げた。健太郎だ。テーブルの上に置かれた一枚の皿には、ルーらしきものが僅《わず》かに付着している。私を待ちながらカレーでも食べていたのであろう。

「おまたせ。遅れてごめんね？」

私は肩にかけていたショルダーバッグを健太郎に手渡して、ワイン色のソファに腰掛けた。ぷよんと沈む感覚が心地良い。

「いいよ。元々時間通りに来ると思ってないから。で、今日は何してたんだよ」

「占いの館に行ってたの」

「はぁ!? また？」

渡したバッグを丁寧に荷物かごにしまいながら、健太郎が頓狂《とんきょう》な声をあげる。器用に折りたたまった一九〇センチの巨体には、なんとも言えない可笑しさがあった。

「何、笑ってんだよ」

「うふふ。なんでもない」

手入れが行き届いた芝生のような髪の毛を撫でながら、健太郎は何やらブツブツ文句をたれている。「お前、完全に俺をバカにしてるよな」とかなんとか言って。

「バカになんかしてないよ。ただ、会うたびに身長が伸びてるなぁって思っただけ」

「そんなわけねーだろ」

そうなのかな。四年前フットサルサークルの新入生歓迎会で初めて見た時は、今よりひと回り小さかった気がするけど。と、思ったが、あの頃から変わったのは身長じゃなくて、筋肉量かもしれない。健太郎はある時を境にいきなり筋トレにハマり始めたのだ。今じゃ格闘家に間違えられて街で声を掛けられるほど立派な体格になっている。

「で、占いはどうだった?」

「今日行ったところはね! 本当にすごかったよ!」

「ふーん。ほどほどにしておけよ。茉莉乃って怖いくらい素直じゃん? 言われたこと真正面から受け止めそうで心配だわ」

「大丈夫だよ。私そんなにピュアじゃないもん」

「いや、お前はピュアだ」

「じゃあ、もうそれでいいけど、別に言われたことを鵜呑みにしてるわけじゃないから安心して。まぁ、言わばカウンセリングみたいなものだよ。友達には言いづらい話が気軽にできるから、ストレス解消になるんだよね」

「あっそ。俺もお前のカウンセラーみたいなもんだけどな」

食器が擦《こす》れるイヤな音が耳に響く。先ほどから健太郎が、皿に張り付いた薄切りの玉ねぎをスプーンで追い回しているのだ。

「それは……うん、そうかも。でも、今日行ったところは本当にすごいの! 友達に勧められて行ったんだけど、先生は話を聞くのも上手だし、何も言ってないのにパパの職業まで当てたんだから!」

「ふーん」

「ちょっと！　リアクション薄くない？」

「そうか？」

　気の抜けた返事を繰り返す健太郎に、ちょっぴり苛立つ。くやしい。今日の先生は本当に素晴らしかったのに。どうしたらこの感動を伝えられるのだろう。私は健太郎の視線を逃さないよう、ぐいっと身を乗り出した。

「ほんっとにすごいんだから！　紹介してくれた友達はモデルをやってるんだけどね、業界でも大人気なんだって！　有名なサッカー選手も通ってるって噂だよ」

「――その友達って、男？」

　健太郎は皿の上にスプーンを放り投げながら、吐き捨てるように言った。

「玉ねぎ、あきらめたの？」

「質問に答えろよ」

「女の子」

「本当に？」

「本当。最近グミのCMに出てる」

「ふーん、そっか」

　テーブルがガタンと揺れた。健太郎が椅子とテーブルとの間で脚を組み替えようとして、膝がぶつかったらしい。巨体を持つのも大変だなぁとぼんやり考える。

「なーんかお腹すいちゃった」

私の言葉に反応して、健太郎は黒革のメニューブックを手に取ると、テーブルの上でこちらにすべらせた。

「この店ビーガンメニューたくさんあるみたいだぞ」

「あー。私、ビーガンやめたの」

「は？　もう？」

にまっと笑う健太郎。どうせまた私のことを飽き性だと思っているのだろう。

「だってパパとママが、お肉がメインのお店ばっかり選んで連れて行くんだもん。毎回サラダしか頼めないのがしんどくなっちゃって」

「へー、家族でお食事会かぁ。うらやましい。どうせ高い肉食ってるんだろ？」

お肉を解禁したと言っても赤身肉は食べないようにしている。健太郎が想像したのはビーフステーキか何かだろうが、反論するのも面倒なので黙っていることにした。仮に赤身肉の有害性を説いたところで焼肉好きの健太郎を困らせてしまうだけだと思うし。

「肉食えるならハンバーグカレーは？　俺さっき食ったけど美味かったよ」

「私、やっぱりお料理いらない」

「はぁ!?」

メニューブックに載っている料理は見るからに油分が多いものばかりで、見ているだけで胃もたれを起こしそうになった。食指が動かないのなら無理に食べる必要はない。私は気を取り直して、ドリンクメニューを上から下まで眺める。

「茉莉乃ってほんとに気まぐれだよなぁ。いちいち振り回される俺の身にもなってみろよ」

「長い付き合いなんだから、そろそろ慣れてよ。あ！　健太郎のコレ、ちょっともらうね」

私は健太郎の手元にあったグラスを掴み、カフェオレによく似た色の液体を一気に飲み込んだ。

「ふっ……。あっはっはっは！　勝手に飲み干すな！　茉莉乃ってたまに突拍子もないことするよな」

豪快な笑い声が店内に響きわたる。それは、近くを通りがかった女性店員の背中がビクっと跳ね上がるほど大きな声だった。私は冗談を言うのが苦手だけど、健太郎を笑わせる方法は心得ている。まんまと笑った健太郎を見て「いい気味だ」と思った。

「健太郎、うるさい」

「ごめんごめん。ちょっとツボに入ったわ。あ、それアイリッシュコーヒーって言うらしいよ。ウイスキー入ってるけど大丈夫？　茉莉乃、酒飲めないだろ？」

思わず苦笑を漏らす。やっぱり健太郎ってうちのパパそっくり。この前、私がブランデーケーキを食べているのを目撃したパパにもそんなことを言われたっけ。

私は子供扱いをされるのが好きではない。だが、パパと健太郎にそうされるのだけは、悪い気がしなかった。

「これくらいのアルコール大丈夫だよ。ほんとに過保護だね」

「だって茉莉乃、このあと雑誌の取材あるんだろ？」

「さすがにこれじゃ酔っ払わないよ」

「でも用心にこしたことはねぇだろ。それにしてもすごいなよな。取材なんて」

「取材って言っても、うしろの方の白黒ページにちょっと載るだけだけどね」

「それでもすげーよ！　なんて雑誌？」

「『ＳＵＮ　ＳＵＮ』っていう雑誌なんだけど、知ってる？　出版社に知り合いがいて、そのツテで呼んでもらったんだ」

「まじ？　超有名な雑誌じゃん！　すげぇ！　どうする？　モデルとしてスカウトされたら？」

そんなに簡単にモデルになれるのなら、この世界はモデルだらけになってしまうだろう。呆れてものも言えない。興奮気味の健太郎から視線を外すと、たまたま近くを通りがかった女性店員と目が合ったので、すかさず会釈をしてこちらに呼び寄せた。そして、アイリッシュコーヒーをひとつ注文する。健太郎はその様子をまじまじ見つめていた。

「はぁー。やっぱりお前、モデルになれるよ」

「何、言ってるの？」

私が首をかしげると、健太郎は誇らしげに鼻を膨らませた。

「今、アイコンタクトだけで店員呼んだだろ？」

「うん」

「すぐ目が合うってことは、つまり、ずっと注目されてたって証拠じゃん！　茉莉乃が入ってきた時、美人すぎて店員も客もザワついてたからなぁ」

「――そう。でも、店員さんとすぐに目が合ったのは、さっき健太郎が大きな声で笑ったせいで目立っていたからだと思うよ」

笑顔を崩さないように気をつけながら、テーブルの上のお冷をひと口飲んだ。私が来る前から置かれていたそれは生ぬるくて、吐き出してしまいたくなるほど不味かった。

「なんだよ。美人って言われて不機嫌になるの、茉莉乃くらいだぞ？」

これほど単純な思考回路を持つ男に、どうして私のつくり笑いが見抜けたのだろう。私は口角を上げているのがばかばかしくなって、ため息を吐きながら両手で頬杖をついた。

「嫌なの。ジロジロ見られるの。なんだか値踏みされているみたいで」

「そういうもんか？」

「そういうものだよ。ねぇ、健太郎の言う『美人』って、顔の造形に対する評価？」

「え？　うん、まぁそうだな」

「だったら全然うれしくない。だって生まれた時からこの顔なんだもん。それだったらこの体型を褒められた方がよっぽどうれしいよ」

「なんで?」

　飼い主に叱られた大型犬みたいに首を傾げる健太郎を見て、私が言っている内容がまるで理解できていないのだろうなぁと思った。

「なんでって、私すごく努力しているもの。マシンピラティスとかパーソナルジムとか。この身体をつくるのにどれだけ時間を費やしたか……。もともと持っているものを褒められるより、努力を賞賛された方がスッと頭に入ってくるの。分かる?」

「うーん。なんか贅沢な悩みだな」

「お待たせしました。アイリッシュコーヒーです」

　不毛な会話を遮るように、テーブルの中央へ長細いグラスが置かれた。できたてのアイリッシュコーヒー―は二層に分かれていて、白と褐色のコントラストが美しかった。

　コーヒーの上にたっぷり乗っかった生クリームを、スプーンですくって小さくほおばってみる。舌の上で転がすと、油っぽいクリームがねっとりと舌に絡みついてきた。白砂糖特有の痺れるような甘さが、なんだか懐かしい。小さい頃、ママがホームパーティーでつくってくれたケーキの味にちょっとだけ似ている気がした。

「順調なの?　アクセサリーの方は」

　唐突に切り出された話題に驚いたが、私は小さく息を吸ってから、にっこり微笑んだ。

「うーん。この前、起業している知り合いにいろいろ相談したんだけど、読みが甘いって言われちゃって」

「そっか。まぁ、ブランドをつくるって大変だよな」

「うん。その知り合いにね『きちんとペルソナを設定しろ』って言われちゃったよ」

「ぺるそな?」

「そう。山田さんのこと」

「誰だよ、そいつ」

「私のペルソナ。架空の顧客。ユーザーのニーズを炙り出したり、精度の高いマーケティングをしたりするために、年齢とか居住地とか読んでいる雑誌とか、詳細に考えるのよ」

「へー、よく分かんないけど楽しそうじゃん」

「うふふ。そうだね、楽しいよ。ローンチしちゃえばこっちのものだし……」

　また、つくり笑いがバレてはいないだろうか。

　本当は楽しむ余裕なんてない。事業を始めることの大変さをまるで理解できていなかった私は何か行動するたびに打ちひしがれていた。起業セミナーにはたくさん行った。でも実際に動いてみると、そこで培ったノウハウが活かせないほどイレギュラーな問題が連続して起こるので、その都度、自分で解決方法を探さなければならなかった。先日も銀行融資の交渉がうまくいかなくて、結局、パパのお金をあてにしてしまう――という情けない出来事があったばかりだ。

「ま、茉莉乃なら大丈夫だよ。絶対に」

飾り気のない健太郎の言葉は、かえって信頼できた。弱気になっていた心に一筋の光が差し込む。

「うん。そうだよね！　この前みてもらった占い師の先生も、絶対うまくいくって言ってたんだ！　なんでも私の前世はローマの商人でね？　かなりのやり手だったんだって！　こんなにビジネスが向いてる人はいないって言われちゃったの」

「あはは。ローマかどうかはさておき、まじで茉莉乃はすげぇよ。だって行動してんじゃん。俺の友達にも起業したいってやついるけどさ、スタートラインにも立ててないからな」

そう。健太郎の言う通りだ。口だけの人よりも、行動しているだけ私の方がマシ。たとえ全然うまくいっていなかったとしても。健太郎は、私が「自分で言うとカッコ悪い」と思うようなことを代わりに言ってくれるので助かる。

「うふふ。ありがとう。私からすれば、健太郎もすごいけどね？」

「え？」

自分に矛先が向くとは思っていなかったのか、健太郎はきょとんとした顔つきでこちらを見ている。

「だって子供の頃からの夢が叶ったんでしょ？　ねぇ、小学校の先生って激務って聞くけど大丈夫？　疲れてない？」

「なんだよ、急に。まぁ……忙しいっていうのは否めないけど、それよりも楽しいっていう方が勝つかな。子供と接するの、やっぱり好きなんだよ」

笑うと目尻に浮かぶたくさんのシワが、今日はやたらと眩しく見えた。

健太郎は杉並区の小学校で教員として働いている。大家族の長男ということもあってか、健太郎は子供と接するのが非常に上手いようで、一度、教育実習先の生徒たちにもらったという手紙を読んだことがあるのだが、たった一ヶ月で子供たちの心を掴んだというのがありありと伝わってきて、感心したのを覚えている。健太郎はこんなに順調そうなのに、私は――。

「俺は平凡な夢しか持てなかったけど、茉莉乃の夢はすげぇじゃん。スケールでかくて」

「ふふ。私、本気でこの世界をより良くしようって思ってるからね？　意識高い系ってムカつく？」

「全然。むしろカッコいいなって思うよ。俺、難しいことは分からないけど、茉莉乃みたいなやつがいないと、世界がどんどん腐っていっちゃうだろ？　だからそうやって行動を起こせるやつはカッコいいと思う」

キラキラ輝く健太郎の眼差しを見て、たまらなくうれしい気持ちになった。私は誰かから、この目を向けられるのが好きなのだ。私の持つ信念の美しさを尊ぶ目。外見の美しさを賞賛されるよりも、この目を向けられることの方が、よほど意義がある。

「私はね、何かっていうと『お嬢様だから』とか『美人だから』って言われちゃうの。そういう人たちを見返すためにも、行動し続けたいと思ってるんだ」

「あ……俺、さっき」

健太郎はバツが悪そうな顔をしながら「ごめん」とつぶやいた。

「健太郎はいいの！　私の中身も見ようとしてくれるから。それに私ほど美しかったら、美人だって言いたくなっちゃうだろうしね」

私は、わざとらしく髪をかきあげてから、ウインクを飛ばした。

「ははは。美人のイメージ古すぎな？」

「うーん。やっぱり、考えれば考えるほど健太郎って存在は貴重だわ。今まで私の周りにいなかったタイプなんだよね」

「いきなりなんだよ。それに茉莉乃、俺以外にも友達いっぱいいるじゃん」

「でも、こんなに本音を話せるのは健太郎だけだよ」

「……そうか。そりゃあ良かった」

「健太郎がいなきゃ、私――」

目が合った途端、健太郎の瞳の奥に悲しみが宿っていることに気がついて、慌てて目を逸らした。

その感情を認めてしまったら、私は生きていけない。

「これ、もういらない」

私は、手元のグラスをテーブルの中央へ置き直した。久しぶりに白砂糖を摂ったからだろうか。胃がキリキリと痛む。

健太郎からの好意にはずっと気がついていた。その想いが日ごとに大きくなっていることにも。だが、今にも氾濫しそうなその想いをまっすぐ受け入れるのが怖かった。

恋愛関係になったらきっと健太郎は私に失望して、どこか遠い場所へ行ってしまうだろう。今、彼が私に対して持っている憧れは友人関係だからこそ持てる代物だ。だって距離が近づけば、絶対にボロが出るもの。私は健太郎を手放したくない。絶対に手放したくない。だから、あくまで優しい親友として生涯そばにいてほしいのだ。

「おい、もったいないだろ。フードロス反対！」

いつもの顔に戻った健太郎は、私が残した飲み物を指さして文句をたれた。

「分かってる。だから健太郎に飲んでもらうんでしょ？」

まっすぐ見つめながら微笑みかけると、健太郎は「分かったよ」なんて言いながら、飲みかけのアイリッシュコーヒーにちびちびと口をつけ始めた。憎まれ口をたたいても、絶対に私に逆らえない男。パパみたいに優しくて、パパよりも話しやすい。一生私に憧れていてほしい。ずっとこの関係のままで。

カフェを出たのは十五時三十分くらい。やっぱりドリンクだけにしておいて良かった。私は食べるのが遅いから、食事を注文したら絶対に取材に遅刻していただろう。

「ありがとうね。一緒に時間つぶしてくれて」

「いいよ。久々に茉莉乃の顔が見れてうれしかった」

空模様が怪しくなってきたので、私たちは少し急ぎながら大通りを目指して歩く。こんなことなら配車アプリでタクシーを呼んでおけば良かった。ゴウゴウと車が行き交う246の道路脇に着いた頃には、ぽつり、ぽつりと雨粒が落ちてきた。

「タクシー拾おうか？　俺、でかいからよく停まるよ」

健太郎はひょいっと右手を高く上げた。たしかにこれなら目立ちそう。

「私だって大きいよ。ほら！」

私も健太郎に対抗するように思い切り右手を伸ばしてみたが、七センチのヒールを履いていても、その手を超すことはできなかった。

「おい。デカさで俺に勝とうとすんな」

不敵に笑ったあと、健太郎はキャンバス地のトートバッグからグレーの折り畳み傘を取り出した。

「へー。健太郎、折り畳み傘持って歩いてるんだ！　意外だね」

「俺のために持ってるわけじゃねぇよ」

「そうなの？　変わってるね」

「うるせぇ」

折り畳み傘を受け取る時、ほんの少し指先が触れた。六月だというのに、その指は氷みたいに冷たかった。

「傘、私が使っていいの？」

「おう。お前がびしょびしょで来たら、出版社の人もびっくりすんだろ」

そう言って健太郎は、肩にかけていたトートバッグで自らの頭を覆う。

「ありがとう。でも、健太郎は？　それじゃあ雨を防げないでしょ？」

「俺は茉莉乃がタクシー乗るのを見届けたら、地下鉄まで全力で走るから大丈夫」

この人は、どこまで自己犠牲的なのだろう。健太郎のTシャツには、すでに雨粒の跡がたくさんくっついていた。私は折り畳み傘を開いて、小さく手招きをする。

「おいで？　健太郎にも使わせてあげる」

困ったように笑いながら、健太郎は「それ、そもそも俺のもんだからな」と言って私の右隣に並んだ。

「傘、貸せよ。俺が持つ」

「いい。私が持つ」

「だめ。茉莉乃が持ってると俺、背中丸めなきゃいけねぇんだよ」

健太郎はそう言って乱暴に傘をひったくった。

「カッコつけちゃって」

「ちび」

憎まれ口を叩く声が、かすかに震えている気がした。今、健太郎はどんな顔をしているのだろう。すごく気になるけど、なんとなく見てはいけない気がして、目の前を走るスポーツカーに視線を向ける。

「俺、初めてだわ。ちゃんと相合傘したの」

「そうなんだ」

「そう。俺デカすぎるから、いいバランスで傘が持てないんだよ」

「つまり、私がちびじゃないって認めたってことね?」

「ははっ。認めざるを得ないな。身長差がありすぎるとさ、ちゃんと女の子を雨から守れてるか分からなくなるんだ」

そういう経験があるんだ。知らなかった。私は、身長が低い女の子に傘をさす健太郎の姿を想像した。傘の上で跳ねる雨粒の音が、痛いくらい耳に響く。

「おっ! 来た来た」

健太郎は傘から飛び出して、薄暗い街並みを切り裂くように走ってきた、鮮やかな黄色のタクシーを目の前に停めた。

「良かったな！　タクシー捕まって」

「うん」

「傘、持っていけよ？」

「――いらない」

　私は健太郎の手に、開いたままの傘を無理やり握らせた。

「何、怒ってんだよ」

「べつに怒ってないよ。今日はありがとうね！　バイバイ！」

　私は精一杯の笑顔を浮かべて、健太郎の肩をポンっと叩いた。手のひらいっぱいに、水分を吸い切ったTシャツの感触が伝わってくる。

　黒い雲が空を覆い尽くし、冷たい雨が地面へと降り注ぐ。タクシーに乗り込む時、健太郎が「いつでも連絡くれよ」と言った気がしたが、雨音がうるさくて、その低い声も、街の喧騒も、私の耳にぼやけて届いた。梅雨明けは、いつになるだろう。

【いまドキ働き方白書⑥「Atelier HKM」代表　日置 茉莉乃さん　二十三歳】

――働く上で大切にしていることは何ですか？

思いやりです。世界は今一度、思いやりを持って行動すべきフェーズにあると思うんですよね。今問題となっている環境問題も、根本は「自分さえ良ければ」というマインドだと思うので。私の力は微々たるものかもしれませんが、思いやりの輪を広げていけたらいいなって考えています。

――どうして起業をしようと考えたのですか？

SNSやTVで発信しているSDGs関連の情報って、ちょっと難しい感じがするじゃないですか？　だから多くの方に、アクセサリーを通して直感的にメッセージを受け取ってほしいなぁと思ったんです。コストや手間がかかる作業も多いですが、地球丸ごとハッピーにするために、全力で挑みます！

――ブランド名の由来を教えてください。

ブランドのコンセプトである「ハピネス」「カインドネス」「マインドフルネス」の頭文字をとって「Atelier HKM」としました。

――ズバリ「Atelier HKM」の魅力とは？

すべての人が笑顔でいられるようにフェアトレードを厳守していることです。それぞれのアクセサリーに、レッドリストに載っている野生生物の名前がついているのも特徴ですね。デザインは、いかなるジェンダーの方にも使っていただけるようにあえて抽象的なものにしています。

――「SUN SUN」の読者に伝えたいことはありますか？

「SUN SUN」の読者には学生さんが多いと思いますが、就活のことで焦りすぎないでください。たくさん悩むことも人生において必要なタームなので、どうか有効活用してほしいです。この世には多種多様な仕事があるのですから、ひとつくらいは自分に合うものがあるはず。あとは、行動あるのみ！　勢いで行動すれば案外どうにかなりますよ（笑）！

今日も雨だ。パンプスの中に水が染み込んできて、歩くたびに、ぐじゅぐじゅと音が鳴る。曙橋という駅に降り立ったのは、人生で二回目だ。前回は健太郎とアイリッシュコーヒーを飲んだ日だったから、約二週間ぶりということになる。

あれから健太郎とは連絡を取っていない。時折「しんどかったら連絡くれよ」というLINEが届くが、既読をつけたまま無視し続けている。

私と健太郎が所属していたサークルの仲間から聞いた話だが、最近、健太郎の元カノが、ヨリを戻そうと画策しているらしい。私には関係のない話。そうやって頭から切り離そうと思うのだが、苛立つ気持ちが腹の奥底で渦を巻いているのだった。こんな状態で健太郎に会いたくない。鈍感なくせして、私の感情の変化には敏感な健太郎だから、絶対に理由を聞き出そうとしてくるもの。

本来であれば、真っ先に健太郎に相談していたであろう悩みを抱えて街を歩く。グーグルマップを駆使してたどり着いた先は、コンクリートの塊みたいなマンション。力を込めて呼び鈴を押すと重そうなドアがゆっくりと開いた。

「いらっしゃい」

その柔らかな表情を見て、つい涙がこみあげそうになる。私にオーラを見る力はないけれどMIKAKO先生には、何か強い、光のパワーが感じられた。いわゆるハッピーオーラというものだろうか。

占いの腕もさることながら、先生には女性として憧れる部分が多くある。何と言っても、その体型。先生のインスタを見て分かったことだが、いつもボディーラインがはっきり表れる膝丈のワンピースを着ているようで、そのウエストの細さには目を見張るものがあった。今日はラベンダー色のAラインワンピース。首に巻いているのはたぶんDiorのミッツァだろう。まつげエクステには隙間がなく、ジェルネイルの根元も伸びていない。彼女が五十代だと知った時には本当に驚いたものだ。

私は大きく深呼吸をしてから室内へ入り、パンプスを脱ぐ。そしてハンドタオルで足を拭いて、靴下を履き替えてから、用意されたスリッパを履いた。あまりジロジロ見るのもなぁと思いつつ、玄関の壁に飾られた多数のサイン色紙の名前を確かめる。実は前回来た時から気になっていたのだ。だが、崩れた文字から名前を特定するのが難しくて、結局、ひと昔前に人気だったグラビアアイドルの名前しか分からなかった。

「さぁ、中に入って。外は蒸し暑かったでしょう？」

先生の声に導かれて、私は甘いアロマの香りが立ち込める居間へと足を踏み入れた。白い蛍光灯の光が部屋の隅々まで行き届いている。

この部屋の間取りはワンルーム——というのだろうか。占いの館というには、さっぱりしすぎた空間だ。パステルカラーで統一された部屋には、怪しげなオブジェも水晶もない。

「さ、そちらに掛けて」

アイアン脚の椅子に腰を掛けて、先生とテーブル越しに向かい合う。

先生はタロットカードの束をテーブルの上に置いてから、両手を組んだ。これが、占い開始の合図だ。今日はどんな相談をしよう。この二週間、健太郎に相談できなかったから、私の心の中には、醜い老廃物がたくさん溜まっていた。

「先生、私って本当に私なんでしょうか?」

唐突に漏らした言葉に驚いたのか、先生は、タロットカードをめくる手を止めて、こちらを見据える。その瞬間、彼女の瞼を彩るアイシャドウのラメが、ギラリと輝いたような気がした。

「ん? どういうこと?」

まるで幼い孫に言い聞かせるみたいに、ごく優しい口調で私に問いかける。

「この前、とある雑誌で取材をしていただいたんですけど、途中から自分の言葉を喋っている感覚がなくなってきてしまったんです」

「うん、うん。それで?」

「勉強の弊害……というのでしょうか? 最近、私が考えているすべてのことが、どこかで聞いた意見をコピーしているだけの気がしてきてしまって。SDGsとかフェアトレードとか、本質を分かりきってないのに口にしているんじゃないかって、不安で……」

先生は返事の代わりに、あたたかい眼差しをこちらに向けて小気味良く頷いている。それがとても心地良くて、次から次へと言葉が引き出されていった。

「『私の考え』って、生まれつき備わっているものではないですよね? 勉強をしたり、いろんな人と触れ合ったりして、形成されるものだと思うんです。それなら、大変な身の上の人が書いた本を読んだ時、追体験をして、新たな知見を得た場合も『私の考え』になるんでしょうか？　その人が人生をかけて得た考えを、簡単にコピーしていいのでしょうか？」

取材を受けてからずっと頭の中でムズムズしていたものが、口を介して解き放たれていく。それだけで少し心が軽くなった気がした。

「驚いた。いきなり難しい話をするんだもの。日置さん、哲学者の素質があるんじゃない？」

「すみません。変なことを言ってしまって」

「いいのよ。ここは自分の中で整理がつかなくなった気持ちの行き先を、一緒に考える場なんですからね」

「ありがとうございます。たくさん喋ったら、それだけでちょっと心が軽くなりました」

「あらぁ、それなら良かった。それにしても珍しいよねぇ」

「珍しい、ですか？」

「うん。あなたくらいの年端の女の子だったら、普通、恋愛の甘酸っぱい話なんかをするものでしょ？　それなのに、あなたは壮大で渋い相談ばかり。ほっほっほ」

甲高い声で笑う先生につられて自然と口角が上がってしまう。先生に珍しいと言われたことが、なんだかうれしかった。この私が、これまで何百人もの人間を鑑定してきた先生の目に『珍しい人』と映っているなんて光栄ではないか。だから恋愛という言葉を聞いた時、一瞬だけ健太郎の顔が浮かんだことは、胸に秘めておこうと思った。

「普通じゃないかもしれないけど、今は恋愛よりも人生に向き合いたいんですよ」

「そう。あなたは若いのに立派ねぇ。そしたら、占いを通してアドバイスさせてもらうね」

先生は何かを念じたあと、タロットカードの束を拳でコツンと叩いてから、すばやく切っていく。そしてカードの束から一枚カードを抜き出して、テーブルの上に伏せて置いた。

「さて、どうかな？」

血管が浮き出た細い人差し指で、カードがめくられる。そこには、仰々しい格好をした女性が、玉座のようなものに腰をかけている様が描かれていた。右手には剣、左手には天秤が握られている。

「これは確か『正義』ですよね」

「あら、詳しいのね。正位置の『正義』。あなたの人格を表しているの」

「これが、私……」

「正位置だから平等、公正、慈善というような意味合いがあるの。さっきフェアトレードなんて言葉が出たけれど、そういう発想を持って当然だわ」

「当然？」

「そう！　当然です！　そして――うんうん。あなたには客観性があるんだね。私情を挟まずに、ものごとを考えられるみたい。でも、それゆえ自分の軸を持ちづらい。そうだよね？」

「はい。まさにそういうことで悩んでいます。すごい……！」

　背筋がザワザワするのが気持ち悪くて、姿勢を正してから先生に向かい直す。

「カードをよーく見て。この人はね、気高く美しい女神様なのよ。日置さんを初めて見た時の印象そのものだわ」

　鋭い視線と、凛としたオーラ。自分で言うのもなんだが、確かに、どこか近しいものがある気がした。

「さっき言っていた哲学的なお悩みを凡人の私が訳すとしたら、つまり、日置さんの考えることのすべてが、誰かの受け売りのように思えて不安だっていうことよね？」

「はい。そうです」

「あのね、それなら大丈夫。不安がる必要はまったくないから安心してね」

　胸の奥深くまで、その優しい声が染み渡る。テーブルという隔たりがあるのに、なんだか先生に抱きしめられているような感じがした。

　先生は歌うような調子で言葉を続けた。

「善悪の判断をするためには膨大な知識が必要なの。裁判官が重い六法全書を抱えているのと同じ。つまり日置さんはね、より精度の高い『正義』を目指しているだけ！　決して誰かの受け売りなんかじゃない。あなたは、みんなの幸せを願って誠実に判断を下せる、勉強熱心な女神様なんだわ！」

目頭に何かが込み上げてくるのが分かって、あわてて顎を上げる。ウォータープルーフのマスカラをつけてくれれば良かった。だが抵抗も虚しく、一度瞬きをしたのをきっかけに、目の奥から熱い涙が溢れ出して、私の頬を濡らしていった。そうだったのか。そう思うとすべてのことが腑に落ちる。

「すみません。外で泣いてしまうなんて。パパに叱られちゃう」

私はハンドバッグからハンカチを取り出して、優しく叩くように、水分を吸い上げた。なるべくファンデーションがはげないように注意しながら。

「いいのよ。それだけ悩んでいたのでしょう?」

「はい……。すごく不安で、不安で、仕方なかったんです。私、すぐ意見が変わるって周りからバカにされることが多くて。常に何かを学び続けていたら、考えも変わっていくし、目指す夢も変わってくるのは必然なのに、両親にも、友達にも飽き性だって言われて。お嬢様の道楽だって……私はただ、世界をより良くしたいだけなのに」

「ひどいことを言う人たちもいるのねぇ。でも仕方ない。非凡な才能を持った人間には、孤独が付きまとうのが世の常なんだもの。でも心配しないで。いずれあなたの味方だってできるはず。少なくとも私は、既にあなたの味方よ」

あぁ! 先生に出会って本当に良かった。白いレースカーテンの隙間から漏れ出た陽の光が、先生の後ろで後光のように輝いている。雨はいつの間にか止んだみたいだ。

「先生、ありがとうございます。私――」

「残念。時間切れ」

　先生はスマホのタイマーを止めながら少し意地悪そうに笑った。目尻に残った小さな粒を人差し指ではらいながら、私は「延長できないですかぁ?」と言って顔をしかめてみせた。

「あいにくだけど、今日はもう全部予約が埋まっているの」

「そうですか……。やっぱり人気なんですね」

　私は財布から三万円を抜き出して、テーブルの上の金のトレーに載せた。

「ごめんねぇ。こんなに払わせちゃって。ある程度の料金にしないと、冷やかしみたいな人が入ってきちゃうから」

「いえいえ。飲食店なんかでも、そういう形で魔除けをしているところが多いですし、正しい判断ですよ」

　私は椅子から立ち上がって、こっそり伸びをした。お世辞にも座り心地がいいとは言えない椅子に座っていたために、少々腰が痛む。

「またいつでも来てね。できれば、他の占い師に浮気しないでちょうだい。占いってね、いろんなところに行くと、精度が落ちてしまうのよ」

「はい。もちろんそのつもりです」

　玄関でスリッパを脱いでいる時、背の低い靴箱の上に乗っかったチラシの束が目に入ったが、見て見ぬふりをした。一瞬しか見えなかったけど、明朝体の赤文字で「魂の交流会」と書かれていた気がする。

「ねぇ、日置さん」

ドアノブに手をかけた瞬間、ソプラノの声が私の動きを止めた。私は振り向かずに「なんですか？」と言った。

「これ、良かったら」

おそるおそる手渡されたものを見る。それは私が予想していたものよりも、ずっと小さなサイズの紙だった。

「好きな時にメールして。名刺は気に入った人にだけしか渡していないから、お友達にはアドレスを教えないでね」

「わぁ。ありがとうございます。でも、私のどこを気に入ってくださったんですか？」

「知りたい？　それはね、あなたの魂よ！　日置さんほど魂が清らかな人を他に見たことがないの。まるで真っ白なキャンバスみたいに美しい！」

私は素早く鍵を開けてドアノブを回し、アパートの外へ飛び出した。そして、なんでもない顔を装いながら、先生の方を振り返って深く礼をする。

「ありがとうございます。では、また」

「いつでも連絡してちょうだい。日置さんとは、もっと仲良くなりたいの」

すっかり梅雨が明けて強い日差しを厄介に思うようになった頃、また『誰かに相談したい日』が訪れた。SNSでの何気ない発言が炎上騒ぎになったり、パパと大喧嘩をしたり、最近の私は散々だ。こんな気持ち、とても一人じゃ抱え切れない。

ベッドから這い出た私は、ハンドバッグの内ポケットに入れたままの名刺を取り出し、デスクの上のスマホの隣に並べて置いた。

それらを見比べながら、ふたつの顔を思い浮かべる。今、私が会いたいのは——。

覚悟を決めた。私は意を決して、それを手にした。

6章 勝利の美酒

19時32分

焦らせやがって。あんないい女が来るなんて聞いてないぞ。

水しぶきが点々と跳ねた薄汚い鏡に映るのは、手ぐしでセンターパートの分け目を整える僕。ニンマリと、不敵な笑みを浮かべながら。そりゃ笑いたくもなるだろう。ハズレだと思っていた飲み会に、あれ程までに直球どタイプの女が現れたんだ。ここまでの退屈な三十分は、あの女の——日置茉莉乃という女の登場を盛り上げるための布石だったようだ。

が、しかし。僕にあれだけの美しい女を落とすことができるだろうか。おそらく、今頃あいつらも茉莉乃に狙いを定めているはず。一筋縄ではいかないことは、火を見るより明らか。

……おっと、何を弱気になっているんだ信道。大丈夫。お前はこんなにも変わったじゃないか。お前はもう、あの頃のお前じゃない。

ガチャ、ガチャガチャッ。雑にドアノブを回そうと試みる、耳障りな音にハッとする。

ったく。鍵が掛かっていることくらい見れば分かるだろ。こういうバカが一番嫌いなんだよ。

僕は慌てず、首元と両手首にワンプッシュずつ『女性を沼らせる』という触れ込みの香水をふりまいたあと、「うるせぇ」と返す代わりに勢いよくドアを開けた。金髪のバカそうな大学生らしき男と目が合う。何、睨んでんだよ。こっちは、日本有数の大企業に勤めるエリートサラリーマンなんだが？　君はどうせ、今が人生のピークだろ？　僕は相手にしていないことを示すようあからさまに視線を外し、茉莉乃たちが待つ席へと向かった。

「あ、席替えしたから！　のぶちんの席そっち！」

そう言いながら早坂一輝が、六人掛けテーブルの空席を指差している。勝手なことを……おっ？　僕はトイレへ行っている間に無断で席替えを決行されたことに多少腹を立てながらも、笑顔を返した。厳密に言うと、笑顔にならざるを得なかった。隣。新しい座席は、茉莉乃の隣だ。僕は心拍数の上昇を落ち着けるようにゆっくりとその席に移動し腰を下ろした。

落ち着け信道、がっついてはいけない。ここは戦場だ。攻め方を間違えれば、死が待っている。あくまでも俯瞰。俯瞰で冷静に戦況を分析し、勝ち筋が見えたタイミングで一気に突く。

戦いの火蓋が切って落とされた。僕の脳内に法螺貝《ほらがい》の音が鳴り響いたと同時に、まるでそれが聞こえていたかのように、前に座る女が深々「よろしくお願いします」と頭を下げた。

地味なタヌキ女、石田知世。確か、聞いたことも無いマーケティング会社で事務をしているとか言っていた。顔、ファッション、纏《まと》う雰囲気――どれを取っても幸の薄さが滲み出ている。数合わせで呼ばれたに違いない、哀れな女。ごめんよ。昔の僕であれば君みたいな女がちょうど良かったのかもしれないが、今の僕にはどうしたって釣り合いそうにない。

地味女に適当な会釈を済ませ、あなたには興味が無いと表すように、あえて味わう素振りで酒を飲む。このタイプは、優しくされることに慣れていない。中途半端に優しくして懐かれてしまうと、後々に身動きが取りづらくなる。酒を舌の上で転がしながら茉莉乃攻略へのきっかけを探っていると、僕のふたつ隣、すなわち茉莉乃の左隣から西山燿成のヘラヘラした声が聞こえてきた。

「えーっと？　まず、瑛美ちゃんと知世ちゃんは友達なんだよね？　それで、瑛美ちゃんと茉莉乃ちゃんも元々友達で……？」

「で、今日瑛美ちゃんと俺が親友になって……？」

早坂一輝がくだらないカットインをする。やはりこいつは、高校の時からまるで変わっていないようだ。目立ちたがり屋の、能天気ハッピーボーイ。わざわざ話の腰を折ってまで挟む必要のなかった発言に、倉田瑛美が大袈裟に笑う。

「あははっ。親友になるとか一輝くんやばすぎる。えーっと、だから、瑛美は元々どっちとも友達で、知世と茉莉乃は今日初めましてって感じ。はい、今度こそ覚えてね」

なるほど、なるほど。しかし、いくらなんでも露骨すぎやしないか、倉田瑛美。明らかな美人である茉莉乃を呼ぶことで女側の幹事としての面子を保ちつつ、一方その布陣に地味女も加えることで、「瑛美ちゃんもなかなか悪くない」と男たちに思わせる古典的な戦術。意図通り、君の第一印象は悪くなかった。それどころか、かわいい部類だとすら思った。だが、僕はパス。一人称が〝瑛美〟の時点でまともではないし、ブランドもので固めているのだろうか、身につけている洋服もいちいち主張が強く、黙っていてもうるさい。胸の大きさをアピールしているのも非常にはしたない。それに、男たちの大して面白くない発言に対してリアクションがいちいち過剰だ。こういう女は誰とでも寝る。今日だって、この三人なら誰でもいいと思っているに違いない。

瑛美に何度も同じ説明をさせるという、西山燿成の面白くないノリにみんなが愛想笑いをしている中、茉莉乃がオイルに浸されたブロッコリーを掴もうとしていた箸を置き、地味女の方に体ごと向けて言った。

「こうして出会えたのも何かの巡り合わせだと思うから、改めてよろしくね。知世ちゃん!」

横から見ていても眩しくてたまらない微笑みに、それを正面から浴びた地味女の顔がみるみる赤くなっていく。

「うれしいです、日置さん。あの……こちらこそ何卒よろしくお願いいたします!」

なんだそれ。新しい部署に配属されて、緊張の面持ちで先輩にご挨拶する新人じゃないんだから。ツッコミを入れようか迷っていると、

「いや、かたっ! ビジネスメールの文面じゃん!」

早坂一輝のツッコミが飛んできて、みんなが笑った。くそっ、やられた。まったく、あいつは本当に。つくづく横取りが好きなやつだ。あの頃の記憶が蘇る。

高校時代、僕はこいつに〝変わる〟機会を何度も奪われた。クラスに馴染めず、いまいちパッとしなかった一、二年生に比べて、三年生のクラスではスクールカースト上位組とも絡む機会

があった。早坂も、最初はよく話しかけてくれる気のいい一軍男子だと思っていた。

　だが違った。こいつは僕を踏み台に、笑いを掻《か》っ攫《さら》いたいだけだった。一軍のやつらを笑わせるために、僕が血の滲む思いで練習したパンダやアライグマのモノマネを、あいつは『因数分解に取り憑かれた吉田先生』やら『懸垂したまま説教をする瀬良先生』といったわけの分からないモノマネでことごとく潰していった。

　だけど、もうあの頃とは違う。僕は日本経済を牽引する大手企業に入社し、社会人デビューを果たした。早坂は、どこぞのよく分からないベンチャー企業勤め。この飲み会は必ず僕が勝利する。いいよいいよ、燃えてきた。僕は熱くなっていく気持ちにさらなる燃料を投下するように、目の前の酒を一気に飲み干した。

19時48分

「瑛美ちゃん、酒は？　生搾りグレープフルーツサワーね。俺はカルピスサワーで、他の人は……まだ大丈夫か」

　西山燿成が、いかにも気が利く男ということをアピールするように、卓上とタッチパネルを交互に見る。なんともいやらしい男だ。しかし何よりも受け付けないのは、パネルを叩くその指先。マニキュア？　ネイル？　なんだかよく分からないが、爪を黒く塗りたくっている。男のくせに、一体どういうつもりなのだろうか。

「でー、燿成くんのインスタを一方的に瑛美がフォローしてて、いろいろあって、この会が開催されることになったの。あ、燿成くんってＴｉｋＴｏｋもフォロワー数やばいんだよね？」

瑛美が、この飲み会が開かれるに至った経緯を茉莉乃に説明している。その「いろいろあって」の部分を教えろよ、いかがわしいな。

「今は五十八万人くらいかな。でもＴｉｋＴｏｋはフォロワー伸びやすいし、大したことないよ」

西山燿成が、謙遜を無駄にしてしまうくらいの得意げな表情を茉莉乃に向ける。可哀想に、茉莉乃は「すごいね」とお世辞を返すことしかできない。

そう。この男が黒い爪でいられるのは、まともに働いていないからに他ならない。インフルエンサーとかいう、薄気味悪い胡乱《うろん》な生業《なりわい》。社会に貢献せず、数字に踊らされ、信者にチヤホヤされて鼻を伸ばす浅はかな芸能人崩れ。

確かにこの男、顔はいい。察するに、瑛美と地味女はこの男に興味がある。特に地味女は、愚かにもかなりの頻度で西山燿成に視線を送っている。だがこいつの魅力なんて所詮、顔だけ。卒業した大学は、僕たちが出身の進学校からするとあり得ない低偏差値の大学だし、未だにバイトをしていると先程話していた。落ちるところまで落ちたもんだ。要するに、フリーターじゃないか。何がインフルエンサーだ、格好つけやがって。チャラチャラするのは自由だが、金を稼いでから偉そうなことを言ってほしい。

「純粋な疑問なんだけど、TikTokとかインスタはマネタイズできてるの?」

まるで僕の思考を汲み取ったかのように、茉莉乃が聞いた。あまりのタイミングの良さに、運命めいたものすら感じる。一歩リード、といったところか。

「マネタイズ!」

早坂と瑛美の言葉が重なった。あまりのピッタリ具合に笑いが起きる。僕もその場に合わせて笑いこそしたが、内心いい気分ではなかった。いるんだよな、こういう話題の時に茶化そうとするやつ。真面目な話に対してやたらと免疫が無く、何かにつけて〝意識が高い〟というひと言で片付けようとする、愚かな人種。どうしてもっと深い思考ができないのだろうか。

笑いが収まったタイミングで、先程注文していた酒が運ばれてきた。西山燿成が、半分にカットされたグレープフルーツが乗る銀の容器を受け取りながら、正面の瑛美を見て言った。

「瑛美ちゃん、これ搾っちゃっても大丈夫?」

おいおい、本当にスケベな男だな。反吐がでる。早坂が「さっすが!」と元気な小学生男子みたいに囃《はや》し立てる。瑛美は瑛美で「えー、優しい。ありがとぉ」と猫なで声を出している。まったく、ホストか何かだと勘違いしているのだろうか。それくらい自分でやれ。

「俺が働いてる居酒屋、店員が搾るスタイルだからさ。上手く搾るのちょっとコツがいるんだよね」

西山燿成が何やら講釈を垂れながらグレープフルーツを絞り、注いだグラスを瑛美に渡す。

見ていられず前を向くと、地味女の視線が絞り終わったグレープフルーツの皮をじっとりと捉えていた。何だ？　気味悪いな。一連の流れに嫉妬心でも芽生えたのだろうか。哀れな地味女。

「さっきの話だけど、ＳＮＳってさ、フォロワーが多いからと言って必ずしも収益を得られるわけではないでしょ？」

だらしなく緩んでいた空気を引き締めるかのように、茉莉乃が話を戻した。その小さくて形のいい後頭部を見ながら僕は、「もしかするとこの女は少し意地が悪いのかもしれない」と思った。おそらく西山燿成は、金に関する話題を続けたくなかったはず。そのタイミングで助け舟の如く現れた生搾りグレープフルーツサワーに、ほっと胸を撫で下ろしたことだろう。意地悪なのかもしくは、Ｓっ気があるのだろうか。いいね、嫌いじゃないよ。

西山燿成は、まるで自供を覚悟した犯人のようにカルピスサワーをひと口飲み、その重い口を開いた。

「えーっとね。ちょっと前からＴｉｋＴｏｋも尺次第で収益出るようになって、それなりに今は貰えてるかな。去年はＹｏｕＴｕｂｅにフォロワー引っ張れるようにと思っていろいろやってたんだけどそっちはイマイチで。あとは、配信やったときの投げ銭とか、たまにちょっとした案件が来たりとか。まぁ生活できるくらいには、だね」

想像していたものと異なるその自供に、僕は面食らってしまった。それなりにというのは、つまりどの程度だ？　まさか、僕より稼いでいるなんてことは無いよな。……ん？　でも待てよ。だとしたら、なんで。

「へー！　いつの間にそんなレベルまでいってたんだ。まじすげぇな燿成。え、でもさ？　じゃあなんで居酒屋で働いてんの？」

残念ながら今度は茉莉乃ではなく、早坂一輝と思考がシンクロしてしまった。そう、西山燿成は居酒屋でアルバイトをしているはず。もしかして、途中から参加した茉莉乃にはまだバレていないと思って、咄嗟に嘘をついてしまったのか？　そうなんだろう？

「いや、だって怖ぇじゃん。結局、プラットフォーム次第で稼げたり稼げなくなったりしてるわけだし。一応、保険っていうか？　なんなら時給低いカフェのバイトから居酒屋に切り替えたからね。とりあえず、ある程度の金が貯まるまでって感じ」

言い切って、西山燿成はまたカルピスサワーを口に運んだ。プラットフォームだ？　何を格好つけているんだ。どうせ今日のために覚えてきた言葉のくせに。インフルエンサーがカルピスサワーを飲みながらプラットフォームについて語るってか？　良かったな、お前の大好きなカタカナに囲まれて。笑わせやがって。

瑛美や地味女が「すごいねー！」と頭の悪い感想を口々に述べる。何がすごいと言うんだ。社会の役にも立たず、若者に媚びて金を稼ぐことが、具体的にどうすごいと言うのか説明してみろ。僕は、同志を求めて左を見た。

「ちゃんといろんなことを考えながらやっていて、すごいね。私も上手くインスタ運用したいんだけど、伸び悩んでて。燿成くんにコンサルしてほしいくらい」

おいおい、茉莉乃まで。不要なおべっかを使う後頭部を、叱るように睨みつけた。その向こうでは気を良くしたカタカナ男が、鼻の下を伸ばしている。くそっ。この程度で、いい気になるなよ……いい気になるなよ！

20時07分

「ちょっとトイレ行ってきまーす」

早坂一輝が立ち上がった。西山燿成がそれを呼び止め、空のグラスを指す。

「飲み物どうする？　またハイボール？」

「あー……一旦コーラで」

「コークハイボール？」

「いや、コーラ。シンプルなコーラ」

「は？　ガチ？」

「ちょっと今、酒抑え気味なのよ。また戻るからハイボールに。コーラよろしくぅ」

言いながら早坂はトイレへと向かった。なんだ、あいつ酒弱いのか？　まぁ強そうには見えないけどな、小さいし。西山燿成がソフトドリンクの項目をタッチしながら首を傾げる。

「いやー、まじで大丈夫かなあいつ」

「なんで？　一輝くんって、普段はけっこうお酒飲むの？」

瑛美が西山燿成の顔を覗き込むようにして質問する。コーラの項目をタップし終えた西山燿成が、他に空のグラスが無いか確認していることを表すように仰々しく視線を動かし、瑛美に答える。

「少なくとも、途中でソフドリ頼むのは見たことないね。周りの飲むペース見て、飲む時はめっちゃ飲むから、普通に強いと思うけど」

ふーん、そうなのか。僕は早坂一輝とも西山燿成とも会うのは高校卒業以来だから、こいつらのアルコール事情はまったく分からないので、適当に頷いて合わせる。

「かっ、一輝くん、体調が悪いんでしょうか？　心配……」

地味女が久しぶりに声を発した。急な発声で音量調整に失敗したのか、妙に声が大きい。西山燿成も驚いたのだろう、不自然に一呼吸置いて話し始めた。

「一輝、最近あんまり元気無かったっぽいんだよね。俺もしょっちゅう会ってるわけじゃないんだけど、定期的に連絡は取ってて。でも最近、返事めっちゃ遅かったり、文面明らかにテンション低かったりしたから心配しててさ。それで久々にパーっと飲もうよみたいになって、今日って感じ。まぁ会ったら意外と元気だったけど」

あの元気こそが取り柄みたいなハッピー太郎にも、流石にそういうタイミングはあるのか。

女性陣が「そうなんだ」とそれ以上の返答に困っていると、向こうの方から無駄に晴れ晴れしい声が近づいてきた。

「え、なになに？　なんか雰囲気重くなってない？　俺がいない間に、誰か告白して振られた？」

　ほら、やっぱりな。こいつは繊細さのカケラもない、単純な男だ。心配して損したと言わんばかりに、みんなが笑う。満足そうに席に着く早坂に向かって、モーツァルトミルクというお洒落なカクテルの入ったグラスを揺らしながら茉莉乃が言う。

「うふふっ。違うよ。一輝くんが最近元気ないって話をしていたの。燿成くんは、一輝くんに元気になってほしくてこの飲み会を開いたんだって」

「ちょっとちょっと、全部言っちゃわないでよ茉莉乃ちゃん」

　西山燿成の慌てふためく声にまた笑いが起こる。おい信道、何をみんなと一緒になって笑っているんだ。だけど何だ？　漫才の一節みたいな今のやり取りは。まさかこの二人、いつの間にか距離が近づいているのか？　そう言えば、ほんの少しだが茉莉乃の椅子がさっきより左に寄っている気がする。

　西山燿成。この男は、いつだって僕の前に立ちはだかる。高校時代、こいつは常にクラスの中心にいた。勉強は大してできず、喋っている内容も面白くないくせに、イケメンでサッカーが上手いというだけで男女問わずチヤホヤされていた。僕は別に、その人気ぶりに嫉妬していたというわけではない。当時から僕の方が遥かに成績優秀で、事実、その差は社会人になって、比べる必要が無い程に開ききっている。

問題はただひとつ、時を経て再会した今日と同じく、女だ。西山燿成は当時、僕が大好きだった三嶋瑠奈さんと交際していた。別に交際をしていただけなら百歩譲って構わない。この男は二ヶ月かそこらで三嶋さんと別れ、また別の女と交際を始めたのだ。下品で下劣。まさに、根っからのチャラ男。仮に僕が三嶋さんと交際できていたのならば、一生を懸けて愛する自信があった。この男はおそらく、人を深く愛するということを知らないのだろう。ある種、同情すべき存在なのかもしれない。だが、そんな下衆男に茉莉乃を任せられるわけがない。

「なに燿成ちゃーん、心配してくれてたのぉ？」

早坂が店員からコーラのグラスを受け取りながら、ふざけた気持ちの悪い上目遣いで西山燿成を見た。西山燿成が恥ずかしそうに顔を逸らす。

「別にそういうんじゃねぇよ。普通に女の子たちと飲みたかっただけだから」

「うわぁ！　燿成くん顔赤くなってる！　かわいいー！」

瑛美の冷やかしに、今日一番くらいの盛り上がりが起きた。何だこれ？　所謂《いわゆる》ＢＬというやつか？　だとしたら、とんだ駄作だ。素人作品以下の茶番劇を見せられて、笑わなくてはならないこちらの身にもなってほしい。

「でも――もし何か悩んでる事があるなら、誰かに話してみるのもいいと思うよ？」

いち早く真顔に戻っていた茉莉乃が、真剣なトーンで早坂に提案する。やはり茉莉乃は、生ぬるい雰囲気をいつも正してくれる。それに対して早坂が、笑顔を崩さないまま答えた。

「悩みかぁ。あれかな、最近左の脇毛に一本白髪が生えてたんだよね」

「もう、一輝くんってば……。ねぇ、本当は何か深い悩みがあるんじゃない？　思い当たらないならインナーチャイルドが問題を抱えているのかも」

真剣を通り越して、少し怒ったような茉莉乃のトーンに空気がピリついた。僕も慌てて、笑顔を消す。虚を衝かれて言葉が出ない早坂の代わりに、意外にも瑛美が言葉を返した。

「もぉ。悩みがあったとして、こんな場で言えるわけないでしょ」

「こういう場だからこそ話しやすいっていうこともあるかもしれないし」

「簡単な悩みならね？　でも内容によっては、話すことでさらに傷ついちゃう可能性もあるんだよ」

「それも分かるよ。ただ、私もそういうことを人に話すのが苦手だったけど、相談するクセをつけたら随分ラクになったから」

まるで引き下がるつもりのない茉莉乃に、最初は窘《たしな》める様子だった瑛美の表情も強張っていく。あれ、もしかしてこの二人って、あまり仲が良くないのか？　それを言ったら瑛美と、この目の前であわあわしている地味女だって普通に生活していたら決して交わることのないタイプであろう。何だこの三人は。次第に張り詰めていく空気に、やっと冷静さを取り戻したのか、早坂が茉莉乃と瑛美の間に割って入るように身を乗り出した。

「まぁまぁ……確かにそうだね！　いや、実は仕事がけっこう大変でさ。言葉を選ばずに言うと、なんていうかちょっと、病みかけてたんだよね」

「それは大変だったね。一輝くん、お仕事は何をしてるの？」

「あ、そうか。茉莉乃ちゃん途中から来たから聞いてないか。ブラック人材派遣で働かせてもらってます！」

右手でピースサインをつくりながら軽いノリで言う早坂に対して、僕たちは反応に困った。ブラックというのは、僕も初耳だった。「病んでいる」と申告する人間に対して掛けるべき言葉に、正解はあるのだろうか。こちら側の困惑を汲み取ってか、そのまま早坂が続ける。

「でもさ。実は今、転職活動中なんだ。って言ってもまだ、転職サイトとかに登録して、いろんな求人見てる段階なんだけど。それだけでも少しラクになってきたんだよね。なんかさ、パワハラ上司にどれだけ理不尽なこと言われても、まぁこいつともあとちょっとの付き合いだからと思えるっていうか。うん。だから、今は回復中です！」

今度はピースサインを裏返したものを前に突き出しながら、早坂はふざけた顔をした。西山燿成が「いや、ギャルピース古っ」とか何とか言っている。

早坂の話を聞いた率直かつ単純な感想として、驚いた。これほど陽の塊みたいな男が、たかだか半年かそこらで転職を決意するほどの傷を負ってしまうのか。僕だって、仕事は楽しいことばかりではない。企業としてのレベルから考えても、早坂より高度な仕事を求められているはず。だが、だからと言って辞めようという発想に至ったことはない。

「一輝くん、回復してるなら良かったね。次入る会社が、良い会社だとうれしいなぁ」

地味女がまた急に口を開いた。この女の喋り出しはいつも突然で、不意を突かれる。知らぬ間に卓上へ運ばれていた肉寿司を頬張っていた早坂が、口を押さえながらモゴモゴと答える。

「ありがとう。知世ちゃん優しいなぁ。ねぇ、会社楽しい？　俺、知世ちゃんの会社に転職しちゃおうかな？」

またくだらないことを。この明るさで、なぜ病むことがあるのだろうか。僕が理解できずに苦しんでいる一方で、地味女の口角が徐々に上がっていく。

「あの、転職に関しては中途の受け入れがあるかとか、会社の人に聞いてみないと分からないんだけど、会社はすごく楽しくて……あっ、ごめんなさい！　一輝くんが大変だって話のあとに！　私、気が利かなくて！」

地味女が、どこかにそのまま飛んでいってしまいそうなくらい両手をバタバタさせている。それを見て早坂が、細い目を思いっきり細めながら声を出して笑った。

「知世ちゃんおもしろ！　まず、知世ちゃんの会社に転職は冗談だから大丈夫。でもいいね、会社楽しいんだ。羨ましいなぁ」

「あっ……冗談か！　えっと、会社はね、仕事自体も嫌いじゃないし、同期の子も先輩も優しい人が多くて、すごく楽しい」

　モジモジと下を向きながら話す地味女に、早坂を通り越して瑛美が声を掛ける。

「良かったね。会社の人たちに、知世の良さがちゃんと伝わってるんだ。なんかこっちまでうれしいよ。あ、ちょっとお手洗い行ってきまぁす！」

　早坂が「いやタイミング！」とツッコミ、またみんなが笑う。瑛美も笑いながらそのまま席を立った。

　僕にとって、また解せない謎が増えてしまった。地味女が幸せそう、だと？　楽しそうに見えている早坂一輝が実は病んでいて、幸が薄そうな石田知世がすごく楽しいと言っている。虚言か？　いや、そうは見えなかった。どういうことだ？　どういうことなんだ？

「そう言えばさ、聞いてなかったけど茉莉乃ちゃんは仕事、何してるの？　さっきインスタ運用がどうとか言ってたよね？」

　僕たちサラリーマン組の会話に入れなかったであろう西山燿成が、ここぞとばかりに話し始めた。同様に、しばらく大人しかった茉莉乃が返す。

「私は起業して、自分で会社やってるんだ。アクセサリーとかいろいろ扱ってるの。まだ全然軌道には乗ってないけど」

　起業というワードに、みんなが色めき立つ。そうか、どうりで芯の強さが端々に感じられるわけだ。いいね、ますます僕の相手として不足がない。思わず笑みが溢れる。僕のギアが上がったことに気がついて焦ったのか、西山燿成が早口で捲し立てた。

「じゃあ、社長ってことか茉莉乃ちゃん。すげぇな。俺ビジネスのことはまったく分かんないけど、ＳＮＳのことくらいだったらちょっとはアドバイスできることあるかもしれないから、良かったらインスタ教えてよ」

まずい。チャラ男に先手を取られた。どうする？「みんなで交換しよう」と言い出すことを期待して早坂を一瞥《いちべつ》するも、地味女と仕事の話について何やら盛り上がっている。

「もちろん！ＩＤでいいかな？えっと……」

一瞬、このまま僕も茉莉乃のＩＤ検索をしてしまおうかと考えたが、さすがに冷静ではないと判断し、静観の構えをとった。大丈夫。必ず良きタイミングがやってくる。僕は一旦落ち着いて、肉寿司を食べながら横の会話に耳を傾けた。

「あ、いた。フォローしまーす」

「私もフォローするね。わ、すごい。リールがけっこう伸びてるんだね。やっぱり、リールもやった方がいいのかな。画像の投稿だけだとインプレッションがあんまり上がらなくて」

「あー……うん、そう……かもね。まぁでも、このままでも、うん」

ん？なんだ？妙に西山燿成の歯切れが悪い。まぁそれもそうか。概《おおむ》ね、茉莉乃との距離を詰めたいという下心だけでインスタを交換してしまったから、実際は運用に関してアドバイスできる能力など持ち合わせていない、といったところだろう。やはり杞憂《きゆう》だったか。これは僕の長所でもあり短所でもあるのだが、物事を複雑に考え過ぎてしまうきらいがある。

「でもやっぱ、のぶちんはすげぇよなぁ。高校時代から成績もめっちゃ良かったし。確か、学年三位とかだったもんね」

不意に登場した自分の名前に、心臓が一瞬止まりかけた。こちらを見る早坂一輝と目が合う。

「え、やば！　進学校の中で三位って超絶頭良くない？」

どうやら隣の会話に集中し過ぎていたようで、瑛美が戻ってきていることにも気がつかなかった。他の三人――もちろん茉莉乃も、こちらを見ている。

「技術職っていうのもカッコイイよね。しかもあんだけデカい会社で、けっこうホワイトらしいじゃん。いいなぁ。のぶちんは仕事楽しい？」

早坂一輝から素晴らしいパスが来た。やはり僕の読みは間違っていなかった。焦らず、冷静にその時を待てば、必ず好機が訪れる。スポットライトは今、この僕に当たっている。

さぁ、ショータイムの始まりだ。全員の顔をぐるりと見渡す。僕は羨望の眼差しに笑みが爆発してしまいそうになるのを必死に堪えながら、まず大きく頷いた。

20時47分

楽しい。控えめに言って、楽しい。ウッド調の壁に吊るされる小さな黒板に書かれた『Today's

オススメmenu』という頭の悪そうな文字列を見ながら、僕は今まで味わったことのない高揚感に酔いしれていた。同世代の女と酒を飲むことがこんなに楽しいなんて、どうして今まで誰も教えてくれなかったのだろうか。

「瑛美ちゃんはね、私の恩人なの。瑛美ちゃんがいなかったら、私は今頃どうなっていたか分かりませんっ!」

地味女が、芋焼酎のソーダ割りを片手に演説している。少し前から、やたらと地味女の声が大きい。酔っ払っているのだろう。でも分かる、分かるぞ地味女。おそらく、今までの人生でこういった類の交わりがほとんど無かったのだろう。とにかく、楽しくて仕方がないのだ。

「久しぶりに瑛美ちゃんと会いたくて連絡したら、何かのご縁でこんなに楽しい会に呼んでもらえて。正直言うと、知らない人がたくさんいるのは怖くて迷ったんだけど、来て良かった。本当に私幸せなの!」

「知世、ちょっと飲み過ぎじゃない? 一回水飲んどきな?」

まるでお母さんのような口調の瑛美がタッチパネルに触れるのを、地味女がもう一段階ボリュームを上げた声で制する。

「ううん、大丈夫! あっ! もしかして、また私のこと弟みたいだって思ってる……?」

脈絡なく飛び出した意味不明な質問に、瑛美に限らず全員が苦笑いを浮かべていた。地味女よ、気持ちは分かるが少しはしゃぎ過ぎだ。

「弟？　あ、もしかして瑛美ちゃん弟いるの？」

　完全に話に飽きていたのだろう、早坂一輝がナチュラルに話題をすり替えた。地味女はそのことに気づかずにフニャフニャと笑っている。

「うん、二つ下の弟」

　瑛美が早坂の妙技を無駄にしないよう、食い気味に返事をした。それに対して、まるでチームプレーのように西山燿成が続ける。

「あぁ、瑛美ちゃん確かに弟いそうかも。面倒見良いっぽいし。弟と仲良い？」

　瑛美はその質問に対しほんの一瞬動きを止め、少し考えるような素振りの後に答えた。

「仲良い――のかは分かんないけど、一応、一緒に住んではいるね」

「実家ってこと？」

「ううん、二人で」

「え、弟と二人暮らしってこと？　よくできるね。俺、自分の姉ちゃんと一緒に暮らすとかまじで考えられないわ」

　西山燿成が疎ましそうな低い声を出す。そういうものなのだろうか。僕は兄弟姉妹がいないので想像するのも難しいが、早坂も同意の相槌を打っている。

「まぁ、仕方なくって感じだけどね」

　瑛美が話しながら、横目でチラッと地味女を見る。ふと僕は、瑛美のその目に哀愁のようなものを感じた。もしかすると、この女は明るく振る舞ってこそいるが、何かと気苦労が絶えないのかもしれない。相変わらずホワホワしながら、「だから私は弟じゃないのにぃ」とか言っている地味女に、僕は少し腹が立った。

「一緒に暮らすほど姉弟が仲良しだなんて、ご両親も喜んでいるでしょ？」

茉莉乃のその発言を受けて、瑛美は分かりやすく落ち着きを失くした。卓上の塩を手に取ったかと思ったらすぐ戻したり、テーブルの木目を指で擦ったりした後、自我を取り戻すように小さく深呼吸をし、顔を上げた。

「あー、親ね。最近縁切ったんだ。だから、どう思ってるとかはよく分かんないんだよねぇ」

既視感のある、張り付いた笑顔だった。それは、数十分前に早坂一輝が見せたものに限りなく近かった。幸せなのか不幸なのか、いまいちよく分からない笑顔。

「え、縁切ったっていうのは、ガチのやつ？」

少しの静寂のあと、西山燿成が稚拙な日本語で聞く。瑛美は、そのつくられた表情に、さらに不自然な力を加える。

「あははっ。ガチだよ。別に、なんか手続きしたとかそういうのではないけど、LINEブロックしたり、着拒したり。まぁ連絡とれないようにした感じ？」

急展開に、さすがに酔いが醒めたのだろうか。地味女もオロオロしながら瑛美の横顔を見つめている。まったく、お前がはしゃがなければこんな空気にはなっていなかったのに。地味女に代わるように、茉莉乃が謝罪の言葉を述べる。

「ごめんね。変なこと聞いちゃって……」

「えー、謝らないで！　普通そんなこと想像できるわけないし、うちの家族が狂ってるのが悪いんだもん。あ、あと縁切れたのはむしろ良いことなんだよね、私にとって。っていうか、こっちこそ変な空気にしてごめんね」

　茉莉乃の謝罪に被せるように勢いよく発せられた瑛美の言葉には、それ以上の追求を望まないという意が込められているようだった。相変わらず、顔だけは笑っている。全員が、次に誰が喋り出すのかと様子を窺っている中、早坂一輝が深刻そうな顔で口を開いた。

「ねぇ。ずっと聞きたかったんだけどさ、……瑛美ちゃんそれマツエクどこでやってるの？　俺もマツエクやったら目大きく見えるかな？」

　一拍置いて、大きな笑いに包まれた。六人を囲っている黒く濁ったガラスが、一撃で粉々に割れたような、まさにそんな感じだった。緊張状態を逆手にとって、笑いをとる。悔しいが参考にしたいテクニックだと思った。

「ねぇ一輝くんタイミングやばいんだけど。あとで教えるから今度行ってきて。紹介で二十パーオフとかあった気がする」

　瑛美の笑顔から不自然さが消えている。僕は、ホッと安堵している自分に気がついた。

……ん？　なんだこの感覚は。妙に瑛美の様子が気になる。無論、茉莉乃が気にならなくなったわけではない。そうではなく、同じくらい瑛美のことが気になってしまう。

最初は、かわいいだけで世間知らずのバカな女だと思っていた。だが、不意に見せる切なげな表情が、なぜか僕の胸の奥をざわつかせる。放っておけないのは、君の方ではないのか。

支えてもらうのではなく支えてあげるような恋愛も、悪くはないのかもしれない。

「え、瑛美ちゃんのところって値段どれくらい？　俺、本気でマツエクちょっと興味あるんだけどさ」

西山燿成がまた下品で節操のない絡み方をしている。ところで、マツエクって何のことだ？　文脈から察するに〝マツ〟はまつ毛の略だろうが、〝エク〟とは一体。エクセレント、エクスクラメーション……いや、そんなことよりこの男、狙いを瑛美に切り替えたのだろうか。いつからか、茉莉乃へのアピールが極端に減っている気がする。茉莉乃を諦めてくれるのは万々歳だが、どちらにせよ、僕にとって目の上のタンコブであることに変わりはない。

燃えたぎる僕の闘争心と反比例するように、しばらく和気藹々《あいあい》とした楽しいだけの時間が流れた。全員が同い年ということもあり、話題は尽きなかった。店内BGMで、中学や高校時代に流行した音楽が流れれば、その曲にまつわる思い出を各々が話して盛り上がった。

楽しい。楽しい。生まれ変わって良かった。社会人デビューして良かった。さぁあとは、茉莉乃か瑛美を落とすことが出来れば完璧だ。……だけど。僕は、頭の中で風船のように少しずつ膨らんでいた不思議な想いを、認めざるを得なかった。——六人。もしかすると僕は、この六人でいることが心地良いのかもしれない。もしかすると僕は、このメンバー自体を好きになっているのかもしれない。

頭がフワフワする。酒が脳の血管を小気味良く巡っている感覚がある。本当は自分でも、薄々気づいている。実のところ西山も早坂も、僕の憧れなんだ。格好良くて、面白くて、僕もそういう人間になりたいんだ。茉莉乃、瑛美はもちろん、地味女も良いやつだ。この素晴らしいメンバーで定期的に飲みに行ったり、たまには海や山に行ったり、そんなのも良いじゃないか。

指先までアルコールが回っているのか、口に運ぼうとしたポテトフライを床に落としてしまった。こらこら信道、いくら楽しいからってだらしがないぞ。グシャグシャのおしぼりを手に取り、身を屈めてテーブルの下に潜り込むと、暗い視界の中に思いもよらぬ光景が飛び込んで来た。

手？　手を握っている。握って、握られて、離して、絡めて。何だあれは。僕はまるで水中にいるかのように呼吸が苦しくなり、素手でポテトフライを掴み取ると、酸素を求めて、夜の海みたいに不気味なその空間から慌てて顔を出した。

ポテトフライを皿に置きながら椅子に座り直し、乾いた口内を潤すために酒をひと口飲んだあと、おそるおそる先程絡み合っていた手の主たちを確認する。

早坂一輝と、瑛美。間違いない。何食わぬ顔でオススメのＹｏｕＴｕｂｅ動画について話している様子に、身の毛がよだつ。テーブルの下では、あんなにいやらしくイチャイチャしているのに。

僕はほんの数分前の自分を恨んだ。早坂に憧れているなんて一瞬でも思ってしまった自分を恥じた。あいつはただ明るくて目立ちたがり屋で、エロいことばかり考えている盛った中学生みたいなやつだ。憧れる要素なんて一ミリもありやしない。

そして瑛美。やはり君も、見た目通りのビッチ女だったんだな。家族の話も、男たちの気を引くための戦略だったってところか。良かったじゃないか、愚かな中学生男子が見事に引っかかって。いやぁ、しかし早めに気づけて良かったよ。お陰で手間が省けた。これで茉莉乃に集中できる。

オーケーオーケー。そろそろクライマックスかな。

21時24分

「この前アプリで会った女さぁ、バカエロかったわ！　もう直でホテル行こうとか言ってきてもはや引いたもん。行ったけど」

下品極まりない大音量のエピソードトークが聞こえてきた。そちらに視線をやると、いつぞやかにトイレの前ですれ違った金髪バカ大学生の卓だった。読み通り、救いようのないバカだったようだ。

聞いたこともない芸能人とＴｉｋＴｏｋで最近コラボレーションをした、という西山燿成の自慢話で場が冷めきっていたタイミングだったので、やけにはっきりと聞こえてきたその低俗な話題に気まずい空気が流れた。

「瑛美ちゃんから久しぶりに連絡があって驚いたけど、やっぱり今日来て良かったな」

本日何度目だろうか、やはりこういう雰囲気をガラッと変えてくれるのは茉莉乃である。どんな時でもブレない茉莉乃が好きだ。

「いきなり？　そう思ってもらえるなら、勇気出して呼んでみて良かった」

瑛美が、笑顔とも真顔とも言えるような表情で返した。勇気を出して、というのは一体どういうことだろうか。やはりこの二人の関係性はいまいち掴めない。

「同世代の、違うフィールドで戦っている人たちと意見交換できるのは、知見が広がって楽しい」

僕も頷いて茉莉乃に同意した。くだらなかったり、時には腹が立ったりするような時間もあったが、自分と違う世界で生きる一般的な人間の話はなかなか興味深かった。

「茉莉乃ちゃんはすげぇなぁ。俺は久しぶりに楽しい飲み会だったなっていうアホみたいな感想だもん」

スケベ中学生が相変わらずトンチンカンなことを言っている。アホみたい、という自覚があるだけマシかもしれないが。

「私ね、普段会わないような人にたくさん会ってみた方が良いって、ある人に言われていたの。本当にその通りだった。心を許せる人とばかり話していると、そこにあるはずなのに認識できないものが増えていってしまうでしょ？　意識の外について意識することが重要なんだなって。人生においても、ビジネスにおいても、インスピレーションが湧いた時間だった」

　やや難解な話ではあるが、僕には分かる。うん、分かる。理解が追いつかないのであろう、地味女は目をパチパチさせながら水を飲んでいる。

「なんか難しいけど、とりあえず茉莉乃はあの頃から変わってないみたいで安心したよ」

　今度は笑顔と言っても差し支えない表情を、瑛美が茉莉乃に向けた。茉莉乃も瞬時に笑顔をつくる。

「ふふっ。褒められているのか分からないけど、ありがとう。瑛美ちゃんは少し変わった気がする。なんか、さらに素敵になったね」

　一瞬、顔を伏せるような仕草を見せたあと、瑛美は「ありがとう」と口早に告げた。そんな二人の様子を、何世代も前のロボットのようにゆっくり顔だけ動かしながら聞いていた地味女が、これまたロボットさながらのぎこちない調子で口を挟む。

「私も、ひお……茉莉乃ちゃんと会えて良かった。私の周りには、起業している人っていないから、その、すごく新鮮だった」

「え、ちょっと待って？　これ茉莉乃ちゃんを送る会？　茉莉乃ちゃん、どっか遠くに行っちゃう感じ?」

早坂一輝がツッコミを入れてまたみんなの笑いを誘ったが、僕は焦らない。茉莉乃がこの会に参加してからの二時間弱、僕は茉莉乃の発言、反応、行動パターンを細かく分析していた。

その結果、茉莉乃が求めているのは〝きちんと会話ができる〟人間だということが分かった。

茉莉乃は、会話が曖昧なまま流れてしまうことを何よりも嫌がる傾向にある。聞かれたことには答えるし、聞いたことには答えてほしい。その態度は一見、柔軟さに欠けるようでもあるが、茉莉乃はそういう当たり前のことを当たり前に求める、筋の通った女なのだ。だから僕は、とにかく茉莉乃の話に耳を傾けて、しっかりと同意を示し続けた。西山燿成や早坂一輝のように、自分の話ばかりベラベラと喋ったり、不要なツッコミで話を逸らしたりする男など、愚の骨頂なのだ。

そこまで考えたところで、そういえば西山燿成の声がしないことに気がつき、僕は茉莉乃の向こう側を覗いた。西山燿成は、楽しげに話す瑛美と早坂の様子をじっと見つめていた。……あぁ、そうだった。こいつは自分のレベルが茉莉乃に達していないことを悟って、標的を瑛美に切り替えていたんだ。だが残念ながら、その二人はお前が見えていないところでイチャコラせっせと愛を育んでいたんだよ。居ても立ってもいられなくなったのだろうか、西山燿成が急に声を発した。

「これ完全に終盤で聞くことじゃないんだけどさ、みんな彼氏彼女はいないの?」

瑛美が「え、絶対タイミング違う」と言いながら爆笑する。それに乗っかるように早坂も続ける。

「タイミングも変だし、今の時代そういうこと聞くのセクハラですから！　やめてくださーい」

「セクハラではねぇだろ。いや、この人いいなって思ったら実は彼氏彼女いました、とかなったら不幸じゃん。実際どう？　みんないないない？」

西山燿成の質問に、残りの五人が頷いた。悪あがきのように、急に会を回し始めたところは少々癪に障るが、これはファインプレーと評しても良いだろう。おかげで、茉莉乃に彼氏がいないことを確認できた。まぁ正直、彼氏がいようがいまいが茉莉乃をモノにすることに変わりはないのだが、障害が少ないに越したことはない。

「燿成くんはどうなの？　パートナーはいないの？」

茉莉乃がまた僕を焦らせる。気になるのか？　西山燿成のことが。いや、違う。茉莉乃の性格上、質問者が一人だけその質問を免れるのは筋が通っていないと感じただけであろう。いいね、最後まで楽しませてくれるじゃないか。

「俺もいないよ。……うん、しばらくできる気がしないわ」

伏し目がちに西山燿成が答える。こいつはいちいち格好をつけないと気が済まないのだろうか。できる気がしないって、要するに一人に決めたくないということだろ？　いい年こいてチャラつきやがって。お前に彼女をつくる資格なんて無ぃ！

予想通り、瑛美が「燿成くんならいつでも彼女できるでしょ」などとくだらないおべんちゃらを言ったところで、店員がドリンクのラストオーダーを取りに来て、僕と茉莉乃以外がそれぞれ最後に一杯ずつ酒を頼んだ。終わりを意識させられ、やや湿っぽい雰囲気になりかけたところで、早坂一輝が口を開いた。

「とりあえずお会計だけ先に準備しとく？　最後ゴチャゴチャするのもアレだし」

来た。僕はこの時を待っていた。ここまでコツコツと、少しずつ貯めてきた茉莉乃からの好感度を一気にブーストさせる。僕はその術を知っている。さぁ、カウントダウンが始まった。

「オッケー。えーっと、合計が……二万二千円くらいだから、女の子が三千円で、男が四千円ちょいとかでいいかな？」

「なんで？　ちゃんとみんな同じ金額で割ろうよ」

西山燿成の提案を茉莉乃が跳ね除ける。恥ずかしいやつめ。中途半端に格好つけようとするからだ。

「あ、でも茉莉乃ちゃん三十分くらい遅れてきたから、ちょっと少なめでもいいんじゃない？」

「ううん、自分の都合で遅れただけだから。本当に大丈夫」

早坂一輝も返り討ちに遭っている。違う違う、そういうことじゃないんだよ。君たちのやり方は根本的に間違っている。

「私も全然大丈夫だから、普通に割り勘にしよー」

「うん、そうしよう！　一人いくらかな」

瑛美と地味女がこの話題を終わらせにかかる。よし、ここだ。これで一気に茉莉乃の心を掴む。僕は武者震いしながらひと足早い勝利の美酒を嗜み、おもむろに口を開いた。

「あのぉ……」

みんなが一斉にこちらを見る。さぁいくぞ。男ども、格の違いを見せつけてやる。

「僕が全部払うよ」

決まった。完全に、決まった。みんなが目を丸くしている。いい反応だ。この時を待っていたんだ。しばらくの沈黙のあと、瑛美が目を泳がせながら言った。

「えっと……なんで？」

なんで？　なんでって、僕が圧倒的に優秀で格上だということを分からせるために決まっているだろ。早坂一輝が何やら心配そうに続ける。

「のぶちん、なーに、格好つけてんだよー！　キャラじゃないじゃん！」

格好つけてる？　経済的に優位に立つ人間が支払いをすることの何が格好つけてるというんだ？

「びっくりしたぁ。信道くん、ずっとニコニコしてて、私の好きなアニメのキャラみたいで可愛らしいなって思ってたか……あ、ごめんなさい！　同い年なのに可愛らしいだなんて！」

はぁ？　何を言ってるんだ地味女。アニメのキャラ？　可愛らしい？　いくらなんでも酔っ払いすぎじゃないのか？　僕は地味女の勘違いを分からせるようにグラスに残っていた酒を呷《あお》った。タッチパネルで何かを確認していた西山燿成が、こちらを向く。

「っていうか信道、ハチミツレモンサワー二杯しか飲んでねぇじゃん。なんならお会計少なめでいいよ」

なんだ、何なんだこいつら。僕が思い描いていた反応とあまりにかけ離れている。「信道くんさすが！　かっこいい！」だろ？　……まぁいい。僕が求めているものは、たったひとつ。茉莉乃の心だけだ。僕の想いが通じたかのように、茉莉乃と目が合った。茉莉乃は微笑んで、僕に言った。

「そう言えば私、信道くんの声初めて聞いたかも。意外と声高いんだね！」

7章 酔い醒めの水

すっかり酔いが醒めた私は、変身が解けたヒーローみたいに無力だった。

水垢が張りついたシャワールームの鏡は、だらしなく膨らんだ腹を映し出している。こんなことになると分かっていたら、おつまみを食べる量を調整したのに。私はメイクが落ちないように気をつけながら熱いシャワーを浴びた。ボディーソープのポンプを何度も押す。残暑が続く九月の街は私にたくさん汗をかかせた。だから、いざその瞬間になった時に雰囲気を壊さないよう、しっかり汗を洗い流さなくてはならない。しかしどれだけ手を擦り合わせても、クリアな緑色のボディーソープは、ちっとも泡立たなかった。

ラブホテルに来たのはこれが初めてだ。それゆえこれが普通のことなのか、たまたまここのボディーソープの質が悪いのかは分からない。

すくむ足をどうにか動かして脱衣所に出た私は、畳んだブラウスの間に隠し入れたラクダ色のブラジャーを引き抜く。使い古したその下着は、切り干し大根みたいにしわくちゃだった。このブラジャーもパンツも高校生の頃お母さんが近所のスーパーで買ってきてくれたもので、とっくに下着としての寿命は迎えている。これならつけない方がマシじゃないかと思ったが、ノーブラノーパンで挑むのもやる気満々だと思われそうで憚《はばか》られた。

「おーい。知世ちゃん遅くない？　大丈夫？」

ドア越しに声が聞こえる。動揺のあまり、ガラス張りというわけでもないのに反射的にバスタオルを裸体に巻きつけてしまった。さっきみんなと話していた時よりも甘い調子の声が胸を焦がす。

「今、行きます」

散々悩んだ挙句、バスローブだけを身につけることに決めた。下着は私服の中に丸め入れて胸に抱える。

自分で選んでそうしたのに、脱衣所を出てベッドルームに足を踏み入れた瞬間、羞恥心が身体中を駆け巡った。人間というのは下着を身につけていないだけで、こんなにも不安な気持ちになるのか。

「どうしたの、そんなところ突っ立って。もしかして緊張してる?」

「あっ。いえ、あの」

「大丈夫だよ。俺だって緊張してるから、おんなじ」

じりじり私に近寄ってくる様は、獲物を前にした肉食獣のようだった。さっきまでとは明らかに様子が異なる燿成くんの顔を、直視することができない。

きっと瑛美ちゃんも茉莉乃ちゃんも一輝くんも信道くんも、私たちがこんな場所に来ているなんて、想像することもできないだろう。もっとも、私だって手を引かれるままについてきてしまっただけだから、いまだにこの状況を飲み込めずにいるのだが。

「えっと」

「知世。いいから、こっち来て」

呼び捨てされた。燿成くんに、呼び捨てにされた。全身の筋肉が硬直して、ぜんまい仕掛けのようにしか動けない。それを見かねてか、燿成くんは呆然と立ち尽くす私のことをふんわり包みこむように抱き寄せた。その胸の中は想像していたよりもずっと居心地が良くて、あたたかい空間だった。その刹那、自分が下着をまったく身につけていないことを思い出して、燿成くんの胸を押す。

「あの……」

「ん？　どうかした？」

下着の件は気づいていないのだろうか。そう考えているうちに、燿成くんのキレイな顔が私の眼前まで迫っていた。私の首筋に沿わせた右手は、皮膚を溶かしてしまいそうなほどに熱い。

「ちょっと待ってください」

「何？」

燿成くんはぴたりと動きを止めて、上目遣いにこちらを見つめる。男の子のこんな顔を見たのは人生で初めてだ。おあずけをくらった子供のようなその顔を、ついかわいいと思ってしまう。私はここに、同世代の女の子が恋愛に狂う理由の一端を見た気がした。

「私こういうこと慣れていなくて」

「あぁ。知世ちゃんってピュアそうだもんね。もしかして初めて？」

直接的な言葉を受けて、頬が熱くなる。初めてだと言ったら燿成くんに気を遣わせてしまうだろうか。さっさと返事をすればいいのに、私は口を開くことさえもできなくなってしまったようだ。

「あー、ごめんごめん！　変なこと聞いたわ。とりあえず座んない？　ベッドの上にでも」

「よし、おっけー！　じゃあまず、お話でもしますか。さっきみたいに」

「あっ。お話しですか？」

「だって緊張しすぎなんだもん。俺、無理やりとかは嫌だからさ。ちょっとリラックスしよ、リラックス」

私たちは「乾杯」と言って、サイドテーブルに置かれていたペットボトルの水同士をぶつけ合った。燿成くんはゴクゴクと気持ちのいい音を鳴らしているが、私はこれ以上酔いが醒めてしまうのが嫌だったので、わずかに口を湿らせる程度にした。

「緊張はしてるけど、別に嫌なわけじゃないんです。むしろ、うっ、うれしいというか」

「俺もうれしいよ。だって、今日いた女の子たちの中で一番、知世のことといいなって思ってたから」

「そんな！　そんなことは天と地がひっくり返ってもありえませんよ！　瑛美ちゃんも茉莉乃ちゃんも、ものすごく美人さんですし……」

余計な気を遣わせてしまった。私があんまり緊張しているものだから、優しい言葉をかけてくれたのだろうが、そんなことは絶対にありえない。こんな地味で太っていて面白みのない女に、あの二人より優れている点なんてあるわけないのだから。

「うん。もちろん二人ともかわいかったよ？　瑛美ちゃんとかDMのイメージのまんまで、ノリも良いし最高だったわ。でも瑛美ちゃんは、一輝がなぁ……」

燿成くんは口ごもりながら、遠くを見るような目つきをする。

「一輝くんが、どうしたのでしょうか？」

「なんかさ、気に入ってたっぽいんだよね。瑛美ちゃんのこと。最後の方、二人いい感じだったもん。一輝、まじでいいやつだからうまくいってほしいよ」

「えぇっ！　そうだったんですか！　いつの間に……」

「気づかなかった？　今日見た感じ、なんかあの二人って似てるんだよね。付き合ったら上手くいくパターンじゃないかな」

「似てる？」

「似てるじゃん。飲み会で沈黙が生まれないように、盛り上げ続けてたとことか。たぶんさ、どっちもすげぇ気ぃ遣えるタイプなんじゃないかな？　わざとらしくないから分かりづらいけど」

「なるほど。勉強になります」

「で、茉莉乃ちゃんは――」

燿成くんはさっきと同じように口ごもって、また遠い目をしている。私は少し考えてから、答えを導き出した。

「なるほど。茉莉乃ちゃんは、信道くんといい感じだったんですね！」

「まさか！」

真剣に言ったつもりだったのに、燿成くんはちょっと驚いた顔をしてから、吹き出すように笑い声を漏らした。

「え？　違いますか？　さっき瑛美ちゃんと一輝くんがいい感じだって言っていたので」

「あははっ。そりゃさすがにないっしょ。茉莉乃ちゃんみたいなタイプが、信道のこと選ぶわけないじゃん。そうじゃなくて、なんかやばそうで引いちゃったんだよなぁ」

「やばそう？　茉莉乃ちゃんが？」

「うん。途中でインスタ見たんだよ、茉莉乃ちゃんの。そしたら、これ」

燿成くんは枕元に置いてあったスマホを手に取ると、素早く指をすべらせて、私に画面を突きつけた。

【日置　茉莉乃　♪世界一ハッピーな起業家・開運ヒーラー・ベジタブル療法はじめました♪】

そこには耳馴染みのない言葉が羅列されていた。読めるのに理解ができない言葉というものには、いささか恐怖を覚えてしまう。

「めっちゃこわくない？　俺、ビビって声出なかったもん。投稿もだいぶやばいから。ちょっと見て」

　おそるおそる燿成くんのスマホを受け取る。そこには、ぱっと見ただけでも目を疑うような写真がいくつもあった。茉莉乃ちゃんが、すりおろしたニンジンのようなものを顔に塗りたくっている写真。怪しげなサプリメントを顔の横に添えた自撮り写真。やたらとカラフルな服を着た人たちがひしめき合う、何かしらのセミナーの集合写真。始めは他人のスマホを操作するのに少々戸惑ったが、次第に画面をタップする指が好奇心に弾んでいった。

　人は見かけによらないものだ。あんなに美しい茉莉乃ちゃんに、こんな変わった趣味があるなんて。安全な場所から奇妙な世界を覗き見る感覚は、なんだか癖になってしまいそうだった。

「大丈夫かな、信道」

「どういうことですか？」

「いや、茉莉乃ちゃんに変なもん売りつけられてないかなって。信道ってなんかゆるキャラっぽいじゃん？」

「そうですね……。どちらかと言うと気が弱そうなタイプですもんね」

「昔からあんな感じなのよ」

「あの、燿成くんと信道くんは高校生の頃から仲良しだったんでしょうか？」

信道くん。初めて顔を合わせた瞬間に、どう考えても私と同じ属性だと悟った。俗っぽい言葉で言い表すなら私と信道くんは『陰キャ』、それ以外のみんなは『陽キャ』。信道くんの挙動は到底、燿成くんや一輝くんと同じグループにいるようなソレには見えなかった。

顕著だったのは会話の主導権が信道くんに渡った瞬間だった。たしか仕事の話を振られた時。信道くんは目も当てられないほどに緊張していて、笑みを浮かべることしかできず、代わりに一輝くんがもろもろの説明をしていた。どこの会社に勤めているとか、高校でどれほど優秀だったかとか。信道くんはうれしそうに笑っていたけど、思い返せばひと言も声を発していなかった気がする。まさに、少し前までの私のようだった。もっとも信道くんは私よりもかわいげがある分マシだが。

「正直さ、信道とはあんまり喋ったことなかったんだよね。ああいう感じだからクラスでも結構イジられてたけど、俺と一輝はそういうノリ参加してなかったから。いやー、久々に会えてうれしかったわ。高校の頃から全然変わってなくて、ちょっと安心した」

「きっと信道くんは、燿成くんや一輝くんという存在に救われていたと思いますよ」

「んー？　それはないでしょ」

燿成くんは謙遜気味に、下を向いて首を振った。

信道くんにとって燿成くんは、憧れの存在だったに決まっている。カッコよくて、優しくて、誰かをイジったりしなくて。そんなスターみたいな存在が同じクラスにいることを、うれしく思わない人間なんているわけがない。さっきの飲み会で、向かいの席に座っていたから知っているのだ。信道くんが燿成くんの方をじーっと見つめていたことを。あれは羨望の眼差しに決まっている。

「いえ。私、なんとなく信道くんの気持ちが分かるんです。今日、燿成くんと一輝くんに会えたこと、絶対にうれしかったと思います。私も久々に瑛美ちゃんに会えてうれしかったから……」

「そうかなぁ。じゃ、やっぱ六人にして良かった。ほんとはさ、俺と一輝と瑛美ちゃんと茉莉乃ちゃんの、四人で飲むはずだったのよ。だけど、一輝とＬＩＮＥしてたら信道の話になって。誘っちゃう？　みたいなノリになったんだよね」

「そうなんですか？」

「うん。っていうのも、ここ一年くらいかな？　信道からたまにインスタのＤＭが来るようになってさ。内容は他愛もない感じなんだけど。一輝のとこにも同じようなのが来てるって分かって、ちょっと会ってみようってことになったんだよ」

「そんな流れだったんですか」

「うん。本当ただのノリ。まぁ久々に連絡きた同級生のアイコンが、高級車にもたれかかってアロハシャツ着てる写真だったら、そりゃ会いたくなっちゃうよ。結局、昔の信道のままだったけどね。で、瑛美ちゃんにどうせならもう一人呼んでってお願いしたんだよ」

――つまり私は数合わせ？　いや、悲観してはダメだ。瑛美ちゃんに「久々に遊ぼう」と連絡したのはそもそも私の方なのだから。私が提案した日にちに、たまたま飲み会が入っていただけ。ただ、それだけだ。

会社の同期と打ち解けて、人とコミュニケーションをとることに抵抗がなくなった時、真っ先に思いついたのは、瑛美ちゃんの顔だった。

大学時代、たまに瑛美ちゃんからきまぐれな誘いを受けることがあった。「今、渋谷にいない？」とか「ケーキ食べたくなったから付き合って」とか。内容はさまざまだったが、私はその連絡を何よりも楽しみにしていた。

しかし、ここ最近はそんな連絡がピタリと止んでしまっていたのだ。私はそれがたまらなく寂しかった。自分から動かず、瑛美ちゃんの優しさに甘え続けたツケがまわってきただけなのだが、誘いを断られるのが怖くて、どうしても自分から連絡することができなかった。

だが、この件を同期二人に相談したら「さっさと誘いなよ！」という声が揃ったので、急かされるままにその場で瑛美ちゃんに連絡をして、あっさりと再会を果たす運びとなったのである。

「あー、そうそう。瑛美ちゃんに女の子もう一人呼んでって連絡したら『追加の男子、何系の人ですか?』って聞かれてさ、真面目でかわいいやつだよって答えたの。そしたら『私の友達にも真面目でかわいい子がいるので連れて行きます』って返信がきて」

「え? そんなこと言っていたんですか」

「うん。たぶん瑛美ちゃん、信道と知世の相性が良さそうだって思ったんじゃない? でも残念。知世が選んだのは、俺だったもんね」

強く手を引かれた私は、ふたたび燿成くんの胸の中に収められた。深い森のような香り。これはたぶん、さっき私が泡立てるのに必死になったボディーソープの香りだ。燿成くんも私のことを想って、あのボディーソープを泡立てようとしてくれたのだろうか。そうだったらうれしい。

「嫌だったら、言って?」

「嫌じゃ――」

言い切る前に、湿った唇が私の口を塞いだ。ついばむような、むさぼるようなやりとりが続く中で、いとも簡単に組み敷かれてしまう。苦しい。燿成くんの骨張った体が私の腹を圧迫している。全身でその重みを感じているうちに、苦しみとは別に、幸福感に似た気持ちが私の中に生まれてくるのが分かって、なんだか怖かった。

「ずっと気になってたんだけどさ」

「は……い」

「なんで下着つけてないの」

細く尖った人差し指の先が、私の喉仏に触れる。そして、ナイフで切り裂くみたいに指は下へと滑り落ちていった。


ベッドの横に乱雑に脱ぎ捨てられたバスローブを身につけて、元いた場所に潜り込んだ。

「ごめん。体、大丈夫？　ツラくない？」

「はい。思ったより」

そーっと太もも同士をすり合わせると、体の真ん中あたりがズキンと痛んだ。

「ほんとに初めてだとは思わなかった。ごめん」

「いいんです」

掠れた声で謝られるたびに、愛おしいという生暖かい感情で胸がいっぱいになる。

体の関係を持った途端、相手を好きになってしまう人がいるらしい。だが私のこれはその類のものではない。全身の血が沸き立つようなこの感覚は、決して衝動的なものなんかじゃないのだ。

「あの、実は話したいことがあって」

燿成くんは「くわぁ」っと大きなあくびをひとつして、かわいた笑いをこぼす。

「なーに、知世ちゃん。あ、もしかして告白？」

その声色は、飲み会の時とも、体を重ねる前のものとも違っていた。呼び捨てから『ちゃん付け』に戻っているとか、そんな単純な話ではない。どう形容していいのか分からないほどの、わずかな違和感。いきなり意地悪になったというわけでもないが、たしかに行為前よりも、声に含まれる優しさの量が減っているのだ。

しかし、こんなことで怯んでいてはダメだ。このまま本当のことを隠してお別れをしたら一生後悔することになるだろう。だから勇気を出して言わなければならない。

「――実は以前、会ったことがあるんです。燿成くんのことを前から知っていたんです」

とうとう言ってしまった。私は、燿成くんがどんな顔をしているか見るのが怖くて、胸に掛かった布団を両手で握りながら天井を睨み続けた。

きっとすごく驚かせてしまっただろう。でも私だって驚いているのだ。瑛美ちゃんからは「男の子が三人来るよ」としか聞いていなかった。その三人の中に、あの「西山さん」がいるなんて誰が想像できるだろうか。

「急にごめんなさい。言うか迷ったのですが、なんだか黙っているのは燿成くんに悪い気がして……。あの、渋谷の居酒屋で働いていますよね？『ときめき酒場』。私、三回ほど行ったことがあって」

「あー…あぁ」

燿成くんは少々の間を置いてから、歯切れの悪い返事をした。

「知ってるよ」

「え？」

「俺も知世ちゃんのこと、知ってる。派手な女の子と、ふわふわした感じの女の子と三人で来てたよね？」

「え」

耳の奥でキーンという音が鳴り響く。燿成くんの静かな声が耳から脳みそへ、衝撃を帯びながら走り抜けた。初めて会った時以外ろくに会話していないのに、私のことを認識していたんだ。驚きのあまり返答できずにいると、燿成くんはベッドから立ち上がった。

「いつから気づいていたんですか？」

「初めから」

燿成くんはジャケットの中から加熱式タバコのセットを取り出して、慣れた手つきで組み立て始めた。そして体に悪い成分がたくさん入った蒸気を、美味しそうに吸い込んだ。

「生搾りグレープフルーツサワー。だよね？　知世ちゃんが毎回頼むやつ。最後に来たのは三ヶ月前？　俺そういうの覚えてるんだ」

燿成くんは加熱式タバコを咥えたまま「あ、タバコ大丈夫？」と言って私を振り返る。その目には既に優しさが戻っていたけど、何か複雑な感情も混じっている気がした。

「私が客だって知っていたのに、どうして黙っていたんですか?」

「お互い様でしょ。知世ちゃんが言わなかったから、言わなかっただけ」

「すべて分かっていてホテルに誘った――ということですか?」

「うん。酔うとそういうテンションになるっていうのもあるけど、なんか燃えるじゃん。いろんな要素が乗っかってると」

「誘った理由は……それだけ?」

「え? まぁ、うん。知世ちゃんもそういう感じじゃないの?」

喉元まで出かかるその言葉を、飲み込むのに必死だった。私は、好きだから来たんです。燿成くんにずっと憧れていた。痩せてキレイになってからまた会いに行こうと思っていた。でも今日会えてうれしかった。好きだから恥ずかしいけど頑張った。思いつくままに、そう言ってしまいたい。だけど、今ここでそんなことを言っても、きっと、その先には何も待っていないだろう。

今、やっと分かった。燿成くんは私のことをちっとも好きじゃない。好きになってもらえそうな気配すらない。きっとこれから先、二人で会うようなこともないのだろう。頭では理解していたつもりだったが、その事実を突きつけられた途端に心が、冷たくて硬いプラスチックの塊のようになってしまった。

少々の静寂のあと、私は震える声を律して「そうかもしれません」と言って笑ってみせた。

そして、怪しまれないように言葉を続ける。

「いや、でも本当に驚いちゃいました。こんな偶然ってあるんですね」

きっと上手く笑えていない。だが幸い燿成くんは、横になったままの私を背にして、ベッドの縁に腰をかけたままなので、歪《いびつ》な笑顔を見られる心配はなさそうだ。

「……そうだね」

一瞬、私の方を振り返ろうとした。それなのに燿成くんは、何か言いたげな余韻を残したまま視線を正面に戻してしまった。あきらかに様子がおかしい。

男性は行意後に気怠さを感じる——という話を、どこかで聞いたことがある。でも、なんとなくそれとは違う気がした。気怠いというより、なんだかもの悲しげなのである。私は勘が悪いから、それが何故なのか分からないけど、出来ることならその気持ちに寄り添いたいと強く思った。

「それにしても、今日の飲み会は楽しかったですねっ!」

丸まった背に、不釣り合いな語調で言葉を投げつける。燿成くんはピクッと背筋を伸ばしたあと、苦笑のような吐息を漏らした。

「楽しかったけど、情けなかった」

「情けなかった?」

「ほら、ちゃんとしてないの俺だけじゃん? みんなが仕事の話してる時、ぜんぜん話に入っていけなくてすげぇ情けなかったわ。やっぱ、俺もそろそろ地に足つけないとダメかな」

軽い口調を保ってはいるが、その背中はやはり寂しい。平静を装ってか、燿成くんは何かの歌を口ずさみ始めた。調子外れのメロディーが部屋中に悲しさを拡散させる。

「あの、少なくとも私は、ちゃんとしてませんよ」

「いや、知世ちゃんはちゃんとした人間だよ。頑張って苦手なことに向き合ったわけじゃん。同期と打ち解けあったって話、正直すげぇなって思いながら聞いてた」

「そんな！　インフルエンサーさんの方がよっぽどすごいです」

「すごくもなんともないよ。現実から逃げ続けて、流れ着いたのがSNSだっただけだもん。インフルエンサーなんて別に肩書きにはならないし、芸能人でもないのにチヤホヤされてるなんて異常だって」

「でも……それでお金を稼げるほどの存在になっているのは、やっぱりすごいと思います。才能ですよ。就職なんて会社を選ばなかったら、どこかしら入れるし」

「どこかしら……。それじゃ意味ないんだよ、俺の場合は」

燿成くんは、タバコの空き箱をグシャッと握りつぶしながら、ぽつりと呟いた。私は何か言ってはいけないことを言ってしまったのだろうか。

「俺、そういうスタンスで大学受験に臨んだら、滑り止めにしか引っかかんなかったんだ。で、大学生活めっちゃつまんなくてさ。俺的にね、その大学のつまんなさがそっくりそのまま自分の価値だって気がしちゃったの。就活って、それよりもっと自分の真価が問われるわけじゃん？　それって怖くね？　自分の価値が分かっちゃう感じ。俺は一輝や瑛美ちゃんみたいに面白くないし、信道とか茉莉乃ちゃんほど賢くないし、武器は顔と、この調子の良さだけだから。今から就職しようと思っても、どうせろくな会社に入れないでしょ？　そうなったら俺、もっと自分のこと嫌いになると思うわ」

弱々しい、今にも消え入りそうな声だった。自己完結的で卑屈なこの声には聞き覚えがある。これはかつて、自身でつくった殻の中で響き続けていた私の声そのものだった。燿成くんと私。重なる部分なんてひとつもないと思っていたけど、その感情であれば深く理解することができる。

私は、あの日の後藤さんと戸田さんの顔を思い浮かべた。初めて渋谷の居酒屋でお酒を飲んだ日、二人にどんな言葉をかけてもらったか。どんな風に笑いかけてもらったか。どんな風に救ってもらったか。

私は、のそのそと燿成くんの隣まで移動して、ベッドの縁に腰掛けた。

「――最近、お化粧を始めたんですよ」

「何？　急に」

唐突に口にしたその言葉を聞いて、燿成くんは訝しげに私の方を見る。

「私なんかがお化粧してもブスなのは変わらないと思っていたので、長年すっぴんのまま生きていたんです。高校も、大学も、社会人になっても、ずっとすっぴんで。でも、ある時、戸田さん……あ、会社の同期に『化粧映えしそうな顔だね』って言われたんです」

「えーっと、ごめん。なんの話？」

「すみません！　話が下手で。それで……そうだ、化粧映えするって言われてからというもの、なんだかその言葉が頭に残ってしまって。ある日、勇気を出してドラッグストアの化粧品売り場で、ひと通りお化粧品を揃えたんです」

「うん。それで？」

　横を向くと、燿成くんが興味深げに私の顔を覗き込もうとしていた。息を呑むほど美しい顔にぎくっとしたが、話を続けるべく、なんとか視線を白い壁に固定させる。

「ＹｏｕＴｕｂｅを見ながらお化粧をしてみたら、同期が言う通りなかなかいい具合に仕上がったんです。でも眉毛を描くのだけがどうにも上手くいかなくて、調べたら、眉毛自体をカットしたり、抜いたりする必要があるんだって分かったんですよ。そしたら……。あ、ちょっと待っていてください」

　私は小走りで洗面所に向い、備え付けのクレンジングオイルを使って化粧をすべて落とした。そしてすぐにベッドルームに戻り、顔を覆っていた両手をゆっくり外す。

　燿成くんとバッチリ目が合った。私の眉の惨状に気づくと、まるで打ち上げ花火が爆発したみたいに大きな声で笑い始めた。

「あっはっは！　ごめん笑ったりして……でも、あっははっは」

「いやー、絶望しましたよ。眉毛が全部無くなっちゃうなんて」

苦しそうに息を吸い込む燿成くんを見て大きな達成感を感じた。これを見て笑うのは当然だ。のっぺりしたカピバラのような顔立ちに、全剃りの眉毛は、あまりにもミスマッチで滑稽だから。

「ふーっ。あー……やばかった。なんでそんなことになっちゃったの？」

「実は、ちまちました作業が苦手なんです。不器用と言いますか」

「へー。意外だね」

「つまり何が言いたいかというと、お化粧をしていたからちゃんとしていたように見えていただけで、私の素顔はこんなにみっともない……ということです。本当は大雑把で、お酒を飲まないとろくに雑談もできないような、どうしようもない人間なんですよ」

そう言って肩をすくめると、燿成くんは黙ったまま、まるで愛猫にするかのように私の頭を撫でた。それから小さな声で「ありがとう」と言った。

「……あ！」

燿成くんは何か思いついたように、パチンと両手を合わせた。

「なんですか？」

「バイト中、うんちく好きのお客さんが教えてくれたんだけどさ。シラフって漢字だとスメンって書くんだって。素朴の『素』に、お面の『面』でスメン」

「スメン？」

「そう。酒に酔ってない状態のこともスメンって言うけど、すっぴんっていう意味もあるらしいんだよ。もしかしたらさ、酒も化粧も同じようなもんなのかなぁって。弱い素顔を隠すための道具？　みたいな」

何げなく口にしたであろうその言葉に、思わず息を飲む。

例えば、アルコール中毒者のおじさんと、メイクをしないと外出できない女の子。それらの本質は一緒なのかもしれない。

何事も一旦取り繕うことを覚えると、素の自分に戻るのが怖くなってしまう。それまで当たり前に『素面』で生きていたとしても。

「でも——」

「ん？」

心に浮かんだ言葉を、そのまま口に出してみようと思った。私は上半身を捻って燿成くんの方を向く。

「でも、それってそんなに悪いことじゃないと思います。だって、どちらも鎧のようなものだと思うから」

「鎧？」

「はい。よく『本当の自分を解放しろ』なんて軽々しく言う人がいるけど、それができるのは、ごく一部の強い人たちだけじゃないですか。普通の人は、生身の姿で無防備に生きていたら、必ず何者かに傷つけられてしまうと思うんです」

「あー。俺そういうこと言ってくるやつ、嫌いだわ」

「ふふ……私もです。だから、なんと言われようと私は、鎧で身を守りながら生きていこうと思っています。リラックスしながら喋るためにお酒を飲んで、みっともない眉毛を隠すためにお化粧をします。弱い人間ですから」

腹の底で腐っていた感情も、ひとたび口に出してしまうと清らかに聞こえるのは何故だろう。

燿成くんは「うーん」と唸りながら、ゴロンと仰向けに寝転がった。

「そっか。じゃあ俺も着ちゃおっかなー、その……鎧？」

「はい！　それでいいと思います」

「うん。逃げ続けちゃお。就活のことも、好きだった女の子のことも、いつか向き合える日が来るまで」

「……好きだった女の子？」

「あー、まだ好きだから『好きな女の子』だね。大学時代からずーっと好きなんだよ。一回も付き合ったことないのにさ。自分でもキモいって分かってるけど……うわっ！　これ内緒ね？初めて人に言っちゃったわ」

理解したくない言葉ほど頭の中で強く根を張るものだ。だから私は耳から入った言葉を、頭の中でかき混ぜるみたいに何度も頷いた。

耀成くんの見せた弱さに共鳴してベラベラ話してしまったけど、私たちはやっぱり全然違う人間同士なのだ。その証拠に、目の前の耀成くんがこれほど苦しそうに顔歪めている理由がちっとも分からない。今、私が抱えている恋心は、彼のそれとは比較にならないほど幼いものなのだろう。

「なんか知世ちゃんって不思議な魅力あるよね」

少々シワがついたシャツのボタンをとめながら、耀成くんが微笑んだ。

「魅力なんて、そんなのないです」

「あるよ。だって俺、こんなに自分のこと人に話したの、初めてだもん。知世ちゃんだから話せたんじゃないかな。あー、なんか変な気持ち」

期待したくなるような甘いセリフが心臓をくすぐった。好きな人がいると聞いたばかりなのに、つい、あとに続く言葉に耳を澄ませてしまう。

「そうか。知世ちゃんって、お母さんみたいなんだ!」

ゆるみきった口元が一気に引き締まる。

人生はおとぎ話じゃない。ここ最近、奇跡みたいなことがたくさん起きていたけど、それはやっぱり奇跡だったのだ。近頃の私は欲張りになり過ぎていた。受け止めて、強くならなくては。八センチほど水が残ったペットボトルに口をつけて一気に飲み干す。ひどく喉が渇いていたから、いつもより美味しく感じた。

明日の朝、後藤さんと戸田さんに連絡をしよう。今日会った出来事の一切を話すのだ。そうしたらきっと緊急招集がかかって、どこかのカフェで作戦会議をすることになるはずだ。「いきなりホテルに誘うなんてサイテー」と舌を出す後藤さんの顔と、青い顔で絶句する戸田さんの顔を思い浮かべているうちに、私はなんだか楽しい気持ちになってきた。

「そうだ！　知世ちゃん、ちょっと待ってて。知世ちゃんの勇気を見習って、俺も」

そう言って洗面所へ向かった燿成くんは、ジャージャー水音を鳴らしてから、私の元に戻ってきた。

燿成くんの顔には、平安貴族みたいな短い眉毛がくっついていた。おなかが千切れるほど笑った。笑って笑って、涙が止まらなくなるほど笑った。この夜を終わらせないために笑っているのか、悲しいから泣いているのか、そんなこと分からない。分かりたくない。

大粒の涙が私の頬から顎へと伝ったその時、窓の外に新しい光が宿り始めた。

エレガント人生

吉本興業所属の男女コンビ。共に東京NSC19期生。2020年5月18日コンビ結成。中込 悠(なかごめ ゆう):1989年1月6日生まれ。山井祥子(やまい しょうこ):1994年2月16日生まれ。登録者数50万人のYouTubeチャンネル「エレガント人生チャンネル」では毎日新作を発表。リアルでの活動にも力を入れており、毎年、単独ライブを開催している。中込悠と山井祥子の共著で初小説を執筆。

YouTube 「エレガント人生チャンネル」
@elegantjinsei
「こっそりエレガント」
@user-yr1ks2rd2q

X @jinsei_u (中込)
@yamaimayamai (山井)
Instagram @nakagomeu (中込)
@shoko_yamai (山井)

酔い醒めのころに

2024年9月12日 初版発行

著者 エレガント人生(中込 悠・山井祥子)
編集協力 粟野亜美
イラスト サンレモ
デザイン 伊東秀子

発行人 勝山俊光
編集人 川本 康
編集 荒井 努

発行所 株式会社 玄光社
〒102-8716 東京都千代田区飯田橋4-1-5
TEL:03-3263-3515(営業部)
FAX:03-3263-3045
URL:https://www.genkosha.co.jp
問い合わせ:https://www.genkosha.co.jp/entry/contact/

印刷・製本 株式会社 光邦